心程

高志新 著

线装书局

图书在版编目（CIP）数据

心程 / 高志新著． -- 北京 ： 线装书局，2022.8
（2024.2）
ISBN 978-7-5120-5071-6

Ⅰ．①心… Ⅱ．①高… Ⅲ．①散文集－中国－当代
Ⅳ．① I267

中国版本图书馆 CIP 数据核字（2022）第 125350 号

心程
XIN CHENG

作　　者：高志新
责任编辑：姚　欣
出版发行：**线 装 書 局**
　　　　　地　址：北京市丰台区方庄日月天地大厦 B 座 17 层（100078）
　　　　　电　话：010-58077126（发行部）010-58076938（总编室）
　　　　　网　址：www.zgxzsj.com
经　　销：新华书店
印　　制：三河市嵩川印刷有限公司
开　　本：880mm×1230mm　1/32
印　　张：9.5
字　　数：222 千字
版　　次：2024 年 2 月第 1 版第 2 次印刷

定　　价：52.00 元

线装书局官方微信

现在的妈妈老了，记忆力已快完全消失了，好些时候，好多事情她都糊涂了。但是，她那闪烁着人性光芒的舐犊之情，她那永不凋谢的伟大母爱，却根深蒂固。

——摘自《永不凋谢的母爱》

....

有人说，父爱如山，母爱似海。这说的是父爱中有山的坚定强固，充满了男性的阳刚之爱；而母爱中，有的却是水一样的柔情体贴，海一样的博大宽广。

——摘自《妻子的世界》

哪怕是独生子女，她是我们生命的延续，但她更是一个独立的生命，她不是我们的私有财产。放飞她，让她自由地驰骋，这就是我们对生命的尊重。

——摘自《飞向蓝天的小鸟》

人类所有的微笑中，最美的又莫过于幼童的微笑，她像过滤后的空气；她像雨后天空中出现的彩虹；她像夏日里吹来的一缕清风；她像山间流淌出的一股清泉；她像春天的原野里盛开的鲜花；她把人们向往的最纯洁、最美好、最动人的情感元素，全放在了微笑里，当这些微笑出现在眼前，就能调节情绪，净化心灵。

——摘自《天使的微笑》

这碗羊肉粉已幻化成种植在他们记忆深处的家乡影像：

——是老家老屋后高高耸立的那座山丘；

——是老屋门前"哗哗"流淌的那条小河；

——是儿时常听的那支山歌；

——是流传在故乡的那个动人的爱情故事；

——是梦中常见的那位家乡故人；

......

——摘自《乡愁是一碗飘香的羊肉粉》

盘县辣子鸡、水城羊肉粉、凉都烙锅洋芋、六枝砂锅凉粉、堕却乡清水鱼、老城臭豆腐、苗家酸菜烩豆米……这些伴着我成长的家乡美食，儿时的味道、妈妈的味道、家乡的味道全在里面，融化在血液里，沉淀在灵魂中，永远也尝不够，永远也忘不了。

——摘自《我还会远行，但我一定要回家》

这次死亡经历，虽然发生在我幼小而无意识的年岁里，却让我明白了，任何一个生命从一出生就面对死亡。生命的成长过程，绝不会一帆风顺，如果没有顽强的意志，很难完成生命的过程。

——摘自《我的三次死亡经历》

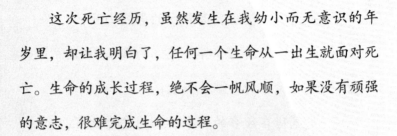

　　音乐真神奇，它能直接叩开人的心灵之门。每个人的经历、修养、文化、学识的不同，在同样一首歌曲里、一段旋律里，所获得的感受会完全不同。有的会为之悲伤流泪，有的会为之激情万丈，有的会为之沉思不语，有的会为之翩翩起舞。

——摘自《音乐的力量》

爱如珍珠串成链

◎ 周斯弼

　　我与本书作者相识，是先读其文，再见其人。二十世纪八九十年代，我在盘县特区工作，常常从报刊上拜读署名为"高志新"的文章，从中深受启发和教益。后来，我调到市直机关工作，才近距离接触了这位仰慕已久的"真"人和"高"人。他给我的印象，既是一位豪放且敢于担当的领导干部，又是一位学识渊博且善于观察思考的文化人。

　　一般而言，文学作品的深度，取决于作者人生阅历的厚度。本书作者生于中华人民共和国成立之初，当过学生，当过知青，当过军人，当过工人，当过记者，当过干部，参与并见证了国家建设与发展的各个历史时期。退休之后，由于子女在国外留学和工作，又为他观察和了解外面世界提供了更多的机会。丰富的阅历与勤奋的秉性结合在一起，成就了他见多识广、能说能写、善谋善断、成果颇丰的多彩人生。而更难能可贵的是，他笔耕不辍，把所见所闻、所思所想、所作所为、所感所悟、所得所失以生动的文字记录了下来。收入《心程》的近百篇美文正是其中的重要组成部分，它从各个角度和侧面立体式地反映了作者的心路历程。

文以载道，但不一定非要写那些深奥而抽象的"大道理"。相反，通过"小故事"去诠释"大道理"，往往更能润物无声地感染人、打动人、影响人。本书中的一个个"小故事"，都是真人真事、真心真意、真情实景，绝无半点矫揉造作、无病呻吟、故作高深的痕迹。在阅读本书过程中，你会强烈地感受到作者对亲情、友情、乡情的无限眷恋，强烈地感受到作者对真、善、美的不懈追求，强烈地感受到作者的家国情怀，坚忍不拔和积极向上的精神。

有人说，这个世界并不缺少美，但它需要发现美的眼睛。在我看来，作者不仅有一双善于发现美的眼睛，而且，这双眼睛还具有洞察世事的强大穿透力。那些人们习以为常、不足挂齿的琐事，一经他的大脑和妙笔加工提炼，竟都变成了启迪人生智慧的一篇篇美文。将这一篇篇美文汇编成书，犹如把一粒粒美丽的珍珠串成一条熠熠生辉的项链，而这条珍珠项链便是作者人生阅历及其感悟的精华。欣赏这条珍珠项链之美，我们一定要用心、用情去品味其中蕴涵的人间大爱。

常言道，功夫在文外。记者这个群体之所以人才辈出，这与他们读万卷书、行万里路、历万端事、识万般人密不可分。远的如"志纲智库"创始人王志纲、人民日报原副总编梁衡，近的如长期从事记者工作的六盘水人高志新、邓俭等同志，都是其中的杰出代表。"蚕食桑而吐者丝，非桑也；蜂采花而酿者蜜，非花也。"人亦如此，唯有勤于采集、细嚼慢咽、精心酿制，作者才能将这些阅历、情感、磨砺等转化成这如珠美文。

本书作者既是"文革"后恢复高考的首届大学生，也是六盘水师范学院引以为骄傲的优秀校友。他的文章不仅能够启发人们向善向上，而且，他的成长历程对人们也极具启发意义。就我本人而言，只有三年就要退休了，我想自己也应该像他那样，站好最后一班岗，再把退休后的生活过得丰富一些、充实一些、有意义一些。

不论学习和工作有多忙，也不管生活中的烦心事有多少，我们都应挤出时间、静下心来，细细欣赏这串美丽的珍珠项链，慢慢品味作者人生的这坛老酒。我相信，你定会从中有所思、有所悟、有所感、有所得！

2022 年 3 月于凉都

（周斯弼，六盘水师范学院党委书记）

目 录

第三辑
往　事

第四辑

风 景

第一辑

亲　情

父亲"偷"给我的大学

1966 年，我刚读初中一年级，"文化大革命"就来了，于是，停课闹革命，当红卫兵，参加大串联，上山下乡当知青，参军入伍当战士，退伍进厂当工人。整整 10 年，从少年到青年，本应该是在学校读书的黄金期，可是，我们这一代，却被历史的旋涡卷缠着抛出校门，丢进动乱的社会。从此，进学校读书，成了我最奢侈的欲望。

"文革"初期，许多杂志、书籍都被扔掉或卖掉。这样一来，各地供销合作社，收废旧书刊门市的生意可好了。

那时，父亲在一个基层供销社当主任。父亲是中华人民共和国成立前的中等师范学校毕业生，读过书的人，哪见得这么多好书丢弃在废纸堆里。于是，他常常会从废纸堆里捡些书或杂志悄悄带回家看，看完后，又悄悄带回去归还。

有一天，父亲回家时，径直走进卧室，掀起后衣襟，从腰后拿出一本杂志，放在枕头下面。当我们都睡了，父亲每晚都在煤油灯下，拿出这本杂志翻开来读。有时，我们半夜醒来，还见到父亲在昏暗的灯光下读着那本杂志。

那天，父亲上班去了，我好奇地从父亲的枕头下面拿出这本杂志来看，那是一本 1965 年 6 月的《收获》杂志。我翻开父亲折上的书页，"大学春秋"几个大字，占去了三分之一的页面。由于好奇，我就顺着看了下去。就这样，父亲去上班，我就在家看，他回家之前，我就把书又放在枕头下面。里面描写的二十世纪五十年代大学生纯真火热、激情四射的生活，特别是书里描写的那些大学生的青春萌动和那淡淡的小资情调，让我这14岁的少年，沉醉而不能自拔。

不到两天，我把这期刊发有《大学春秋》上半部的《收获》看完了，就追着父亲问，要求他把下一期找来给我看。父亲得知我看了《大学春秋》，脸有惊恐之色，把我拉进房间，告诉我不能让任何人知道，他带这本书回家，也不能跟任何人说，我看过这本书。那时，正是"文化大革命运动"如火如荼的时候。后来，我才知道，这部小说只刊发了上半部，随即，《收获》杂志也被勒令停刊。这期刊有《大学春秋》的《收获》，是我父亲偷偷从废纸堆中拿回家来看的，如果被人知道了，后果不堪设想！

就是那本《收获》上刊登的半部《大学春秋》，让我对大学有了向往，对文字有了感情，对书籍有了爱恋，对知识有了追求。

这期杂志的出现，让父亲知道了我爱看书，心里很高兴。从此，父亲隔三岔五地从供销社收购的废书刊中挑些书带回家给我看，看完后，父亲就悄悄地带走，又换回一些没看过的带回家来。

父亲先是带些近现代中国作家写的，诸如《红岩》《林海雪原》《野火春风斗古城》《我们播种爱情》，巴金写的《家》《春》《秋》，郭沫若写的《无意识的年代》，老舍写的《骆驼祥子》，茅盾写的《林家铺子》《蚀》《春蚕》《幻灭》，鲁迅写的《阿Q正传》等文学名著。只要我喜欢读，父亲就鼓励我尽情地读，但总是不止一次地告诫我"悄悄看，别让人知道。"

也许，是父亲有意循序渐进的安排吧！当那些中国现代文学名著我看了一部分以后，父亲又逐渐带一些如《三国演义》《水浒传》《红楼梦》《西游记》《三侠五义》《说岳全传》《聊斋志异》等中国古典文学名著让我读。我在读那些半文半白的文字时，有些似懂非懂，但书里的故事情节、人物命运却深深地吸引、打动和感染了我。

后来，父亲又带回些外国名著，如《莎士比亚全集》《复活》《战争与和平》《安娜·卡列尼娜》《红与黑》《罪与罚》《悲惨世界》《父与子》《静静的顿河》《约翰·克利斯朵夫》《一千零一夜》等。除这些大部头的书之外，还有卡夫卡、契诃夫、莫泊桑等作家的短篇小说集。

再后来，父亲又带了《东周列国故事》《世界史》《中国通史》《悲剧的诞生》《美的历程》等历史文化书籍。

从1966年到1968年底，在这不到3年的时间里，我虽然囫囵吞枣地读了近百本各种书籍，但那时的阅读仅仅是兴趣与热爱而已，可是越到后来，我越觉得，我的生活离不开书本、离不开阅读了。而且，有一种感觉也越来越清晰，那就是，父亲把阅读的习惯植入了我的生命，是阅读把我领进了另一个精彩纷呈的世界，是阅读在浇灌着我的精神家园，是阅读使我的生命精彩，人格升华。

我后来的人生道路好像都证实了当时的感觉。

"文革"结束后，1977年，中断10年的高考恢复。消息公布，虽然只有小学学历的我，由于《大学春秋》中描写的那些大学生生活，那些发生在大学生中的故事，那些让人心跳的青春萌动，那些令人依恋的小资情调，书中给我的这些刻骨铭心的印象，使那长期沉淀在我下意识里的，对大学生活的向往和梦想，像熊熊烈火燃烧起来，像滔滔海浪涌动起来。

于是，我第一时间四处打听消息，找领导开证明，希望参加高考。那时，我退伍回来，正在盘江化工厂当工人。好些同事，包括亲友得知我想参加高考，都会善意相劝："你没读过中学就去参加高考，最好别去出洋相了。"这些善意也使我动摇过，但，就是为了那个多年的梦想，我抱着试试的心态还是去报了名，当时填报名表时，学历那一栏我填的是"相当于高中毕业"。

从 1977 年 10 月得知高考消息，到 11 月底，才把名报上了。拿到准考证时，离考试时间，只有 10 多天。考试时间是1977 年 12 月 10 日—11 日。文科考试科目：政治、语文、数学、史地；理科考试科目：政治、语文、数学、理化。我报的是文科，但是，对于一个只有小学学历的我来说，除了数学全是空白外，其他科目空白点也是很多。加之那是恢复高考的第一年，官方也好，民间也好，都处于措手不及的状态，来不及准备任何复习资料。此情此景，面对完全陌生而又似乎很遥远的高考，我突然间感到十分迷茫了。

不管怎样，为了心中的梦想和向往，我还是义无反顾地与 10 年聚积下来的 570 万考生一起，挤进了 1977 年的高考考场。

高考过后好长好长时间，大概 1978 年的 3、4 月份吧，厂里的宣传教育科通知我去拿高考录取通知书。当时，我真的不敢相信这是真的，因为当年 570 万考生，只录取 27 万，录取率仅有 5%。

就这样，我挤进了恢复高考后的首届大学生队伍，进入了当时还不具备办学条件，只能分散办学的贵阳师范学院六盘水大专班（现在六盘水师范学院的前身）。

这段经历虽然如梦如幻，看似偶然，但是，从进入考场，开始答题那一刻到收到录取通知书。这段时间里，好似父亲偷偷带给我看的那些书里的知识信息，如影随形地跟随着我，支撑着我、引导着我。

我时时在想，我能考上大学，肯定与父亲那些让我偷偷读的书有关。或许，可不可以这么说，我的大学，就是父亲"偷"给我的呢？

2018-02-22

渴望星空

中午小憩，妻子梦到女儿，醒来就催我给女儿打电话。电话接通，女儿正在美国西海岸的露营地，和同学一块仰望星空。在电话中，女儿很兴奋地告诉我，她看到了银河、流星，还有在移动着的卫星，很清晰，就像在眼前。

女儿在美国加利福尼亚州洛杉矶加州大学攻读博士，一年好像有四个假期吧。平时学习很紧张，逢假期，她总要抽两天时间邀约同学去野外旅游、露营，到大自然中去，换个环境，放松心情，呼吸新鲜空气。这次她们是沿着洛杉矶至旧金山的海岸线，驾车走1号公路。美国西海岸的阳光、沙滩、蓝天、白云世界闻名。这一路，风光旖旎，夜晚在海边露营，听海涛拍岸，看星星闪烁。可以想象，女儿他们是多么惬意。

女儿在电话中把她身临其境的情景告诉我们，是想让我们分享她的快乐，然而，却勾起了我对往事的回忆。

记得二十世纪五六十年代的时候吧，那时我还没上小学，我们全家住在乡下。那里还没电，晚上是点煤油灯，光线很暗，在灯下看书或做事，时间稍长点，鼻孔里全是黑油烟，夜晚我们都很不愿待在屋里。天阴下雨，那是没办法的事，就早早睡觉。只要天晴不下雨，我们都会在外面玩耍至夜间十一二点才回家睡觉。儿时玩耍的内容很多，捉迷藏、骑自行车、爬树抓鸟蛋、下河抓鱼、到山涧小溪边捉田鸡等，百分之九十九的内容都是以动为主。独有一项内容纯属静的，那就是每逢晴朗天的夜晚仰望星空。

妈妈曾跟我说，天上一颗星，地上一个人。

妈妈这句话，让我无数次仰望星空。只要晴天夜晚天一黑定，繁星一现，我就从东到西，又从南到北，数星星，总认为把天上的星星数清了，就知道地上有多少人了。有时，还不断问妈妈，她是哪一颗星，我又是哪一颗星。这是读小学以前的事了。数了无数个夜晚，星星有多少，最终还是没有数清。问了多少次，妈妈也没有告诉我她是哪颗星。

启蒙读书后，爸爸又给我说，星空中有银河、北斗、启明、紫微等一些星辰，宇宙无穷大，我们人类居住的仅仅是数不尽的星星中的一颗。

妈妈的话让我想从满天的星星中，找到属于我的那一颗，让我幼小的心灵里有了梦。

爸爸的话让我知道了天外有天，知道了诱惑人的还有无穷无尽的未知世界，并驱使我在人生的道路上艰难跋涉，不懈地了解和掌握已知，破解未知，以此赋予我生命的意义。

爸爸妈妈的话使我养成了仰望星空的习惯。

遗憾的是近些年来，经济发展了，物质财富丰富了，我们这儿白昼的蓝天与夜晚的星空却不见了。在中国的很多地方，上海、北京、广州、河南、河北、江苏、浙江等都难见到蓝天和星空了。这也是现代化过程中不可避免的现象。

于是，我常常会萌生出一种奇怪的感觉，好像我们是生活在一个大柜子里，时不时地有一种压抑、窒息、沉闷的感觉。每当想仰望星空时，这种感觉就加倍强烈！

　　因此，我去云南的丽江、香格里拉的次数多了些，因为在那里可以看到蓝天和星空。好像一个人在柜子里生活久了，要出去透透气一样。

　　今天，女儿在电话中告诉我，她和同学们在美国的西海岸仰望星空的情景，又使我产生了出去透透气的强烈冲动。天气放晴，准备行囊，又去云南丽江吧！

　　我真的很渴望星空。

2012-06-24

城市的灯光和喧嚣淹没了宁静的夜晚，
在孤独的月光下，我们好渴望旷野的星空

母亲节，想起妈妈这些话

小时候

"从小看大，三岁知老。看你这个懒样，太阳照着屁股了，还是喊不起，大人养你一辈子？小时不学勤快点，我怕以后吃别人丢掉的都难找哦！"

妈妈生在旧社会，9岁外公去世，外婆改嫁，妈妈就被迫寄养在亲戚家，做家务、做针线活，自食其力，养活自己。她说这话，是要求我们从小养成勤劳的习惯，免得以后找不着饭吃，受苦受难。

长大了

"人无算计一世穷。可以用的，就不要换，有用的就不要买，有时要想到无时啊。"

我和弟妹们都大了，有工作有收入了，有时给爸妈买点吃的穿的，给家里添置点东西，每次妈妈都会这样说。她希望我们养成节俭习惯，强化节俭意识，保证一辈子日常生活的平顺。

成家了

"家和万事兴，吵吵闹闹的日子我们过不惯，有钱多吃点，无钱少吃点。哪个都会有脾气，互相让着点，我和你爸爸一起过了 60 多年，从来没吵过，没打过，这个家才顺顺当当。"

爸爸妈妈结婚 60 多年，养育了我们 6 个子女，只有爸爸一人工作，每月几十元工资，妈妈做计件工，收入更少。生活之艰辛，可想而知，但从我们记事起，从来没见过爸爸妈妈吵过架。

她们都是母亲，像换孩子的屎尿布、清洗、喂食、诓睡等，必须为孩子做的琐碎事，长年累月，何止千次万次，却从未听到过怨言，也未见过任何放弃，都是心甘情愿的，而且，多数时间是在笑声中为儿女承受着难以想象的艰辛。这就是母亲，这就是母爱。

从这一刻开始，我不但怀着深深的敬意仰视我的妈妈，我也以同样的敬意仰视我的妻子和女儿，而且，会永远如此。

到现在

"你爸爸在时，待我像小娃娃一样，处处让我，照顾我，我外出迷路了，找不到回家的路，他着急，到处找我。"

爸爸是 2013 年 3 月去世的，82 岁的妈妈常常流着泪，不停地唠叨着这两句话。

今天是母亲节，我脑子里老是重复着妈妈说的这些话。当想着妈妈茫然地擦着泪，唠叨着："你爸爸在时，待我像小娃娃一样……"这时，我的眼睛也潮湿了。

仰视妈妈、妻子、女儿

　　来到旧金山一月有余，忙得不亦乐乎。那天下午，女儿和老伴要出门办事，把还在熟睡中不到一岁半的小外孙女交给我。她们娘儿俩临出门时左叮嘱右叮嘱，要我听好：孩子一醒，就要抱起来换尿布，换完尿布，就冲奶粉喂。水的温度和奶粉的数量，交代得清清楚楚。我虽然从来没独自一人做过这些程序，但天天看，还时不时地打个下手，又不是什么高科技，她们的反复唠叨，让我很不耐烦。就催她们："快去吧，别啰唆啦，不就是换个尿布，喂个奶嘛！"

　　她们走了，我安静地上网刷屏，看了几篇朋友圈发的文章，一会儿房间里传来外孙女悦耳的叫声："妈妈！妈妈！"

　　我打开门进去，外孙女已经抱着常陪她睡觉的布娃娃站在自己的小床上嚷叫着。先是要妈妈，见不到妈妈，又叫着要婆婆，就是不要我。好不容易诓哄出房间，把她放在沙发上，勉强换了尿布，冲奶粉喂了。刚忙乎完陪她在地板上讲故事、看漫画时，一阵臭气冲鼻，孩子拉屎了。这可不像换张尿布那么简单！得一只手抱着她，另一只手把她的鞋子、袜子、裤子脱了，才能清洗屎尿。在这个过程中，因怕她拉出的屎掉出，粘到其他地方，抱着她的这只手要往前倾，尽量与身上的衣服保持距离。因此，身体前倾 70 度，移至 80

度，甚至 90 多度。十多斤重的孩子就半悬空着，整个压力通过手臂转至腰上，我整个人只能像一把弓弯曲着。两只手，一只抱着孩子，还得掖着孩子上衣，另一只先把屎尿布换下，再把孩子屁股洗净擦干。整个过程又要防止屎尿漏出，又要防止听不懂话、爱乱抓、乱动的孩子抓到屎尿。我的业务又不熟悉，20 多分钟搞下来，手忙脚乱过后，腰酸背痛，满头大汗。

刚把孩子抱出卫生间，换上干净尿布，稍事喘息，我打开音乐，把孩子放在一堆玩具中玩耍。不一会儿，又一阵臭气飘来，正在无奈与恐慌之际，女婿下班回来了，女婿负责抱着孩子，我负责清洗，两个大男人，照样忙乎了好一阵。

仅仅只是照看一岁半的孩子半天，给换换屎尿布，竟然忙得"不亦乐乎"，累得腰酸腿痛。

那么，一个孩子从孕期到生育，到抚养，到教育成人，吃喝拉撒，这要有多少艰辛的付出啊！

我禁不住思考着。骤然间，满脑子呈现出来的尽是我的母亲，我的妻子，我的女儿的形象，她们生儿育女的那些经历像过幻灯片一样，一幕幕反复在记忆的屏幕上播放：

母亲从 20 世纪 50 年代初到 60 年代末，共生了我们兄弟姊妹六个孩子，我是老大，弟弟妹妹之间相隔年龄都是 3 岁。那些年代，恰恰是连温饱都难以保障的年代。听父母说，从我的出生到后面五个弟妹们的降临，都是在家接生，没去过医院，没请过医生，但是，我们全都活下来，并长大成人。妻子和女儿虽然生活在一个衣食无忧，医疗条件优越的时代，但是，也经历了另样的磨难。

妻子生了两个孩子，第一个才两个月就夭折了。因为，有了第一个的经历，女儿是第二个，像是含在口中长大的。

用的心思，花的精力自然要更多一些。

女儿为了生这个小宝宝，经历了两次手术，所承受的痛苦可想而知。

这个下午的经历，使我对母亲的概念有了新的理解。

从这一刻开始，我不但怀着深深的敬意仰视我的妈妈，我也以同样的敬意，仰视我的妻子和女儿，而且，会永远如此。

2018-05-04

永不凋谢的母爱

这个中秋节和国庆节，过得好压抑、好伤悲。

因为，母亲的阿尔茨海默病（老年痴呆症）来了。

二弟和小弟年龄相差刚好一轮，都是中秋这天的生日。我们从小到大，无论什么时候，妈妈对每个孩子的生日都记得清清楚楚。

每年中秋节前两天，妈妈说的不是中秋要到了，而是说："明后天，就是老二和老六的生日了。"

今年的中秋节，我感觉很奇怪，情形完全不同于往年，妈妈在中秋节到来的前两天不像往年念叨二弟和六弟的生日了。到了中秋节的晚上，二弟的生日蛋糕上来了，妈妈还是什么也没说。于是，我只得问妈妈："妈！今天是什么日子？"

妈妈满脸迷茫，说："我晓不得。"

我慌忙提示："今天是哪个的生日？"

妈妈还是一脸茫然："我晓不得呀！"

五妹接着说："今天是八月十五，中秋节，你记起来没有？"

妈妈还是说："我记不得了，哪样都记不得了。"

看着妈妈这个样子，我心里难过极了。

根据弟弟妹妹们的观察，近段时间以来，妈妈在日常生活中的很多表现，显现出她已经患上阿尔茨海默病。

有一次，五妹因为离开水城两三天，母亲没见到。那天五妹回来一进门，母亲就问："她是哪个？"自己的亲生女儿都不认识了。弟妹们忙跟母亲说："这是老五啊，是五妹。"过了好一阵，母亲好像回过神来，才说："哦，哦，老五呀！我晓得！"

之后，类似的事常常发生，而且，次数频繁，即使是母亲身边最亲的亲人，只要几天不见，她都会不认识。

妻子去美国女儿家，数月归来，去看母亲，母亲不认识她了；

二弟媳因为要带小外孙，才四五天不见，再去看母亲，母亲不认识她了；

表弟逢年过节都要来看母亲，那个周末又来看母亲，母亲不认识他了；

小时候从老家到城里，由母亲和父亲抚养，在我们家生活了近10年的堂弟，又像平常一样，带着母亲喜欢吃的水果，来看望母亲，母亲不认识他了；

有一天，二弟问母亲："妈！我是哪个？"母亲说："我不认得了，反正是我们家的人。"二弟和大妹与母亲几乎是天天见面，常陪在母亲身边，可是，母亲不认识他们了。

……

此时的心情好复杂、好难受，明明母亲就在面前，确确实实就是生我们养我们，从小一把屎一把尿，历经千辛万苦，从那些难以想象的艰苦岁月中把我们六个兄弟姊妹拉扯大的妈妈，却是近在咫尺，若隔天涯。那种莫名其妙的怅然若失的感觉，渐行渐远的感觉，好强好强，妈妈呀！你真的不认识我们了吗?!

每天看着妈妈渐渐佝偻的身躯，日趋蹒跚的步履，坐在妈妈身边，目视着妈妈越来越呆痴的眼神，拉着妈妈无力、粗糙、长满斑点的手，心中的酸楚与无奈陡然而生。

弟弟妹妹们的心情都和我一样，每当妈妈对最亲的家人又不认识的时候，不被认识的人和看到这个情景的人，眼中都会不自然地湿润，喉咙也会隐隐感觉哽咽。这时，大家却都强忍着，不让泪水流下来。于是，大家就尽可能地按妈妈平时的饮食习惯，或买点水果，或做个妈妈常吃的家常菜，努力地想为妈妈做点什么，以求心里好受一点。

妈妈爱吃水果，但是牙齿又落完了，大妹就买来又甜又鲜的西瓜，切成小块，端到妈妈面前，弟弟妹妹叫妈妈吃，妈妈却推让说："老了，少吃凉的，你们吃。"并不断催我们吃，看着我们吃得越多，她越高兴。

在饭桌上也是这样，只要有好菜，她总推说不想吃，一筷子一筷子不断地搛在我们碗里，催着大家多吃。

起初，我们还真以为是妈妈老了，吃东西越来越少了。但是，长期和妈妈住在一起，长年照顾妈妈的堂弟媳有一天对我们说，每次我们陪妈妈吃完饭走后，妈妈才开始吃那些大家吃剩的菜和水果。

堂弟媳这样一说，我心里一下子冒出童年时，妈妈留在我记忆里的好多好多往事。从我有记忆的童年开始，妈妈对所有的子女都这样，总是把好吃的东西让给子女先吃。只要是一家人在一起吃饭，妈妈总是吃得很慢很慢，先前基本不去搛桌上的菜，家人越喜欢吃的，她越不搛。等家里人都吃完了，她才开始吃剩下的菜，这已是妈妈常年的生活习惯了。

这时的妈妈阿尔茨海默病的症状已经很明显了，记忆力越来越差，很多时候意识已经很糊涂，也渐渐地不认识我们了。但是，她那常年养成的、无论什么好吃的东西，宁可自己不吃，都要让孩子们先吃，吃好、吃够的习惯，却一点也没忘、没变。

这天，我又去陪妈妈吃饭，大妹专门买了几斤新鲜排骨，让堂弟媳炖得烂烂的，没牙的妈妈最爱吃。可是，一上桌子，妈妈就往我的碗里夹一块，又往弟弟碗里夹一块，我们往她碗里夹，她又夹出来，嚷着要我们吃，她就是不吃。

此情此景持续着，我的眼睛渐渐湿润模糊了。

现在的妈妈老了，记忆力已快完全消失了，好些时候，好多事情她都糊涂了。但是，她那闪烁着人性光芒的舐犊之情，她那永不凋谢的伟大母爱，却根深蒂固。

这时，我哪还忍得住，一直强忍着的泪水，止不住地流淌下来！

2019-10-09

那件小小的毛线衣

12月初，我们的城市迎来了一年中最不爽的气候。高寒山区的特征都集中在这几天，气温0℃—2℃，细雨绵绵，浓雾弥漫，潮湿阴冷，寒气透骨。每逢这样的天气，我就像穿了一身还没晾干的衣裤一样，湿乎乎的，很是难受。

12月5日这晚，我早早就钻进被子睡了。

凌晨5点，我睡得晕乎乎，睁眼一看，窗玻璃上沾满了雨雾。室内的取暖器也抗不住冬寒的侵袭。屋内凉意扑面，我起来方便，却见年近花甲的妻子戴着老花镜，仍然坐在沙发上，还在聚精会神地编织着那件给小外孙女的小毛线衣。

我责备她说："快睡吧，天都快亮了，别又把腱鞘炎弄发了。"

她回答："明天女儿就要回美国了，一去不知要多长时间，我赶织出来，这个天气正好给小宝宝早点穿上。"在我的劝说下，她上床睡了。但是，当我迷迷糊糊地睁开睡眼，只见她用被子盖着脚，坐在床上继续编织着那件毛线衣。她一会儿躺着织，一会儿坐着织，天亮了，还在织。

早上9点过，这件毛线衣终于织好了。她那因抱外孙女过多而诱发的手腕腱鞘炎一直没有好彻底，经一晚的折腾，她手腕上的肿块肿得更大、更明显了。

为了迎接外孙女的出生，妻子去年11月至今年7月，在美国的女儿家中住了8个月。在那些日子里，孩子成长的每一天都是外婆陪伴着、呵护着，这个孩子就是妻子在美国生活的全部。因在美国居留的时间受限，只能由孩子的爷爷奶奶去替换。

　　离开外孙女回国，才短短三个月，妻子像丢了魂一样，每天都要用很多时间看孩子的照片，天天要女儿把孩子的活动视频发过来，在视频上和不满一岁的孩子叽叽哇哇，又是比画，又是笑，不知说些啥。反正看孩子的照片和视频就是她每天的必需，也是她每天最快乐的事。

　　今年9月初，女儿说已订好10月初的机票，要带孩子回国来上户口。妻子听到后，不只是高兴，而且是狂喜，早早就为孩子买了一大堆玩具。买了婴儿车、安了婴儿床、安排了婴儿食谱，设计了孩子活动的路线图……女儿和外孙女回来的这两个多月，妻子像变了一个人一样，精神面貌焕然一新，不但脸上笑容可掬，连说话的声音里都是带笑的。这段时间，她几乎成了家里生活的总策划、总指挥，我和女儿都是随着她的指挥棒，指向哪里，我们就冲向哪里。当然，小外孙女也在她的指挥下，按时定量吃奶，吃辅食，按时睡觉换尿布。两个月，小脸圆了，体重增加了，迈开脚步自己能走了，还按外婆的指挥能做好多新动作了。

　　妻子是一个很普通的教师和一个普通的机关小职员，虽然是一个做家务的能手，但我却从未发现她有这样强的组织能力和指挥协调能力。

　　这天，女儿女婿假期到了，要回美国工作了，小宝宝要跟着爸爸妈妈回美国了。于是，妻子用两天一夜的时间，把思念与牵挂编织进这件小小的毛线衣里，让小宝宝穿上，带走。

快 60 的人了，孩子来了后，这段时间一直在忙，都没休息好，而且，手腕部的腱鞘炎还没好，是哪来的精神呢？居然一整夜不睡地编织，就为了赶出那件小毛线衣，能让外孙女穿着回美国。

女儿、女婿，还有那可爱的小宝宝都走了，家中平静了，也有空编织毛衣了。但是，这段时间以来，妻子的行为，却让我似乎发现这位和我生活了 30 多年、勤劳、率直、单纯、善良的妻子，有另外一块精神高地，这块高地是什么呢？

女儿早就看出我在用一脸的困惑审视、关注妻子。

临别时，女儿拿着姥姥给外孙女织的那件小毛线衣，悄悄地告诉我："不懂了吧，这就是爱！"

这时，我似乎才恍然大悟，哦！在这件普通的小小毛线衣里，我找到了我一直追寻的那块精神高地！

2017-12-08

妻子的世界

家是奋飞之后，栖息的鸟巢；家是远航归来，停泊的港湾。回首往事，一生之中，无论事业多辉煌，无论外面的世界多精彩，无论远行天涯海角，心中总放不下的思念与牵挂，就是这小小的家。

三口之家，妻子和女儿就是经营这鸟巢和港湾的主角。从女儿出生，到她渐渐长大，幼儿园、小学、中学、大学，学士、硕士、博士，她的整个成长过程，以及这个过程中的喜怒哀乐，每一次梦想的放飞，每一点成功的获得，还有她经历过的困难与挫折，都紧紧地联系着这个家的每根神经，更是提升我们家庭幸福指数的关键。因此，女儿就自然担当了家里的一号角色。

我和女儿外面的世界很大很大，事儿很多很多，我们把梦想与未来都放在家的外面，放在很远的地方。而妻子呢，我和女儿，还有家，就是她的整个世界。在妻子的心中，女儿就是天，丈夫就是地，整个世界就这两个人。但是，随着岁月的流逝，生活的积累，纵观这个家的生存和发展过程，我又仿佛感悟到妻子的世界，比我和女儿的还要大！

一

2009 年 2、3 月份吧，那天的夜晚很冷。

女儿在上海大学毕业，备考托福，欲到美国读硕士，正是紧张的攻坚战阶段，但是牙齿出了毛病。上海九院是全国有名的牙科专科医院，挂号排队很紧张。女儿坚持要通过电话或网上预约专家门诊，妻子担心时间不好定，如刚好与考试时间冲突，则会受到影响，考试和治牙病，两者都不能耽误。于是，妻子叫女儿安心在家做功课备考，她乘公交车，换地铁，辗转一两个小时，提前一晚到医院排队挂号。

九院的门诊大厅在一楼，宽敞空旷，冬日的深夜寒冷冰凉。为了不被冻感冒，不能久坐在铁椅上，不能打盹，坐一会儿要起来走动、跑动。就这样一整夜，10 多个小时，清晨 8 点 30 分，医院上班了，妻子第一个拿到专家门诊号，马上打电话给女儿，按约定时间就诊治疗。

为了女儿，妻子的奉献会毫无保留，毫不犹豫。

二

女儿虽然还在国外留学读博，按国内的传统习惯，也到了谈婚论嫁的年龄。妻子看到女儿高中、大学的同学有的已结婚生子，或每次得知自己的哪个同事、朋友当了爷爷奶奶，她就会唠叨着，自己的女儿何时才能谈对象，结婚成家。而且，这种操心与牵挂，一天比一天强烈。

2013 年，元旦刚过，妻子又开始唠叨，女儿今年恋爱顺利吗？日有所思，夜有所梦，周末的那天晚上，她竟做了一个"噩梦"，梦见女儿失恋了，梦见女儿和男朋友分手了。于是，那晚她夜不能寐，似梦非梦，哭得泪人儿似的。

一个梦，就勾起对女儿的深深挂念，就引出如此的伤悲，可见爱女之深，思女之切，尤其显现出一个母亲的善良之心。

三

就女儿找男朋友的事，妻子对女儿说过一句话："我希望你找男朋友，就找一个像你爸爸一样的有责任心的男人。"后来，女儿悄悄把这句话告诉了我。说实话，听后我很受触动。夫妻间，数十年生活在一起，难免有些磕磕碰碰，妻子的个性强，爱唠叨，日积月累，我的心里难免烦恼。但是，她对女儿说的这句话，让我前嫌全释，反而顿生一种别样的情意。

平日里，一家人，没有任何客套话，也没有互相说好话表扬赞美对方的习惯。有的多是指使、指责，甚至还多带些厌气。妻子和女儿私下这样说我，还是第一次，这句话里包含了对我的认可、肯定，更是内心一片深情的表露。有这样的妻子，我还求什么呢！

四

2007年的初夏，我在昆明做胆结石手术，因我的血脂和胆固醇两项指数超标，长期服用维生素C和阿司匹林，这样就造成凝血功能与正常值有差异。手术后，引起腹内大出血，在医院抢救中，我迷迷糊糊感到有一双手紧紧地握着我的手，隐隐约约，亦真亦幻，暖暖的，好似在传递着源源不断的能量，再次唤醒了我的生命。犹如一股正能量，为我的生命之火注入了永续的动力！

家的日常生活，生儿育女，油盐酱醋，把夫妻间的真情，把年轻时的浪漫，把男女间的风情，严严实实地包裹、淹没。随着日复一日的家庭生活，感情这汪海洋已经云淡风轻，波澜不惊。就在这一天，在我手术后的病床上，在我与死亡擦肩而过的瞬间，妻子真诚、深厚、凝重的情感，通过她这双粗糙的手，传到了我的心里。

有人说，父爱如山，母爱似海。这说的是父爱中有山的坚定强固，充满了男性的阳刚之爱；而母爱中，有的却是水一样的柔情体贴，海一样的博大宽广。

从妻子在家庭日常生活中的四个小故事中，我似乎看到了妻子心中有一个超乎我和女儿更大的世界。

2013-02-03

把童真、童心融进生命

女儿2004年考上大学，十六七岁就离开家，离开父母。上海4年，美国7年，本科、研究生，学士、硕士、博士，书读得越来越多，人走得越来越远。千山万水，千里万里，远隔重洋。在国外，从青涩少女，到为人之妻，为儿之母。

在父母的心目中，女儿长大了，成家了，成熟了。

今年8月，女儿带着还有两个月就即将出生的小宝宝，在父母和丈夫多次劝说未果的情况下，挺着个大肚子，硬是乘飞机，坐汽车，颠沛20多个小时，从美国回到家乡。

对女儿的这个举动，我们一开始就不赞成。但，还是犟不过女儿。要回就回吧！心中不免觉得女儿这么大了，怎么还这么任性，这么不成熟。

她反复给我们说："我生了孩子后，孩子小，出门更不方便，何况生完孩子，还要在美国找工作，少则两三年，多则四五年，我就不一定回得了家。"先前，我们以为女儿回家，无非就是想陪陪父母，吃吃父母亲手做的饭菜，看看家乡的山水，尝尝家乡的味道，父母的味道。

可是，回家的这一个月里，女儿很大一部分时间是和她从小学到中学的几个闺蜜在一起。那几个闺蜜早就在网上联系好了，纷纷从四川、重庆、贵阳赶来。她们成天去上过学的母校参观和拍照，还凑份子请她们的中学老师吃饭。整天无休无止地谈论着那些年的童年往事，沉浸在对童年、童心、童真、童趣回忆的快乐之中。

女儿每天晚上回到家，看到的不是疲倦，而是一脸的快乐和兴奋。

在家的时间，女儿也是常常在翻看她中学时的日记，还有滋有味地赏玩她小时候玩过的玩具。弄完后，不管是卧室，还是厨房、客厅、书房、地板上，满屋子的东西她东放一样，西放一样。随意丢放的玩具、衣服、食品、书籍、手机、平板电脑，完全就是她十几二十年前童年时的德行，也完全是孩童时的情景。女儿回家一个月就走了，临走时，还跟我们丢下一句话："千万别把我这东西丢了哈，我要留着哦！"当时，满屋乱糟糟的，我们心里真的有点烦。

但是，当她走了，把这些东西收拾干净了，陡然间，我们心里又像丢了什么似的。又不由自主地去翻弄她小时候的那些书本、用品、玩具，还有那时留下的照片。女儿童年时天真烂漫的形象又跃然眼前，当想起她小时候那些淘气的样子，那些有趣的往事，我们还不时由衷地哈哈大笑起来。

直到这时，我仿佛意识到，女儿在怀孕七八个月之时，不辞辛苦，如此任性，犟起回家，就是要把自己和即将来到世上的孩子，带到童年时充满童心、童真的美丽世界，而世界也只有童心、童真最真诚、最纯洁。没有忧虑，只有梦想和快乐，那是人生中最愉快的时光。女儿的行动充分说明童心，童真就是女儿精神家园中那块最干净、最神圣的高地。女儿回家是在找回人生那段最美好的时光，是决心把童心、童真融进她和孩子的生命里。

2016-09-26

飞向蓝天的小鸟

　　今年中秋节前，女儿学业完成了，她从美国带着快一岁，还未和家人谋过面的外孙女赶回家来，与家人共度中秋。小外孙女所持的是美国护照，居然要有由中国领事馆签发的在中国的旅行证，才能回家。看着小外孙女的那两个小本本，我感到新奇的同时，更多的是一种困惑和纠结。女儿离开故乡漂泊美国 8 年所积淀下来的那缕深深的乡愁，亲人间的那份刻骨铭心的思念与牵挂，被这两个小本本又无情地撕扯出来。

　　于是，这么些年，我们坚持的那些笑看人生、放眼全球的万丈豪情，顿时又被情感的波涛荡涤得摇晃起来。

　　于是，对我从小灌输给女儿的那些理念，对亲友表达的那些观点，又从脑海中浮现出来，我常对女儿说：

　　"外面的世界很精彩，如果我们只局限在地球上的一个很狭小的地方生活一辈子，你甘心吗？爸爸妈妈这辈子，由于时代和历史原因，一切听从组织安排，基本没有选择居住地和选择工作的自由，一辈子在一个单位，在一个地方工作和生活。当今，经济全球化已经是时代潮流、历史趋势，你们这一代既然遇上了这个好时代，就要志存高远、满怀激情，热爱生活、创新生活，把自己的人生目标定位为国际性人才，毅然选择天空，勇敢奋力飞翔，能飞多高飞多高，能走多远走多远！"

就是在类似的理念不断鼓动下，女儿大学毕业后，攻外语，考托福，选学校，远离家乡，告别亲人，横跨大洋，到美国加州大学读硕士、博士，一去8年。在国外留学期间，有些假期，女儿要去找实习工作，一两年时间，女儿才回国一次。由于受放假时间限制，在家的时间都不长，每次我们送女儿回学校，在机场，女儿和她妈总是相拥而泣，洒泪而别。送走女儿后，那长年的牵挂与思念，更是漫长而揪心。我们这一辈人啊，儿女大多都是独生子女，退休了，看到那些子女在身边的，一家人欢聚一堂，大事小事相互帮衬，相依为命，其乐融融。

每逢这时，妻子都会对我有责备的怨言："就是你，让女儿走得这么远。"

还有一些亲友，也会附和支持妻子的意见："我们这一辈人都是独生子女，他们又离得这么远，要是有个三病两痛，人老了，不能动了，怎么办哦？"每当听到这些话，我总会这样说："哪怕是独生子女，她是我们生命的延续，但她更是一个独立的生命，她不是我们的私有财产。放飞她，让她自由地驰骋，这就是我们对生命的尊重。"

这次，女儿女婿带着在美国出生的外孙女回家（美国法律规定，凡是在美国本土出生的孩子，都自然属于美国公民，这样外孙女就带着那本美国护照），拿着中国领事馆的旅行签证回到中国。此时，我仿佛看到，女儿从我们的视线中，渐行渐远，一边在东半球，一边在西半球，父母与儿女离多聚少，天各一方。我心中不由自主地陡生一种怅然若失的感觉。

是鼓励孩子远走高飞，还是让孩子留在身旁？

孩子的高飞远走：

是使我们的视野开阔，见多识广，还是把思念和牵挂拉得长长，带去远方；

是增加了生命的精彩，还是割开了亲情的快乐？

……

有理性的，有感性的，一组一组地纠结、反思、牵挂、不舍，在脑中，在心中想啊，转啊。

因为女儿的事业、家庭都在那边，这一切都改变不了女儿一家要远去的事实。

一家人相聚的日子过得很快，那天伦之乐的愉悦还没品够，女儿女婿的假期就已经结束了。

妻子虽然没有放下心中的嘀咕和口中的唠叨，也没有消除对我的抱怨与责备，但是，当女儿一家的行期来临，她又会面对相送时，那相拥而泣、泪洒而别的不忍，毫不犹豫、忙忙碌碌地为女儿打点行装。

那是因为父母的心都是随子女走的。

其实，每次送别女儿，当我看到她乘坐的飞机飞向蓝天的时候，会有一幅画面清晰地浮现在我的眼前：一只小鸟欢快地鸣叫着，奋力地煽动着翅膀，从我家的屋檐下飞向辽阔的蓝天。

这次就因为外孙女带来的那本美国护照，让我啰里啰唆说了这么多。同时，心里又增添了一丝丝苍凉：我是不是真的老了，一生追求的轰轰烈烈，怎么变成了婆婆妈妈?!

女儿生日 我心纠结

今天，女儿已过了而立之年，我们在美国旧金山为女儿过生日，家人很高兴，我心里却很纠结。

因为是女儿，又是独生子女，从小我就把女儿又当女儿又当儿子养。我告诉她："女孩子要内外兼修，外表要有女性的柔美、要有柔情似水的情感、要有小鸟依人的十足女人味，内心却要有男人的坚韧强大、大气包容。"这是一组矛盾，想把男孩子和女孩子的特点集于女儿一身，太难了。但是，女儿却一直努力着，在大学期间用三年的时间修完大学本科学分，拿到学士学位，其中，两年获得奖学金。在美国留学期间，两年的研究生课程，一年半修完，获得硕士学位。继而，又获全额奖学金攻读博士学位。六年的读博期间，结婚、生孩子、拿到博士学位，完成了人生的几件大事。

在这些年里，一个女孩子，远离家乡，远离父母，独闯天涯。经历了多少学海中的风雨，生活中的磨难，承受了多少一般女孩子没有承受过的压力，除了流淌辛勤的汗水，也不知流过多少伤心的眼泪。

这些，她都走过来了，可是我却纠结了。是不是我对女儿的要求太过严苛，希望太高？

于是，我又检讨，从女儿出生以来，我把我这一辈子心中未能如愿的诗和远方，全放在了女儿身上。

我曾想一家人平平安安、平平淡淡、平平常常、平平凡凡、平平静静、平平稳稳、团团圆圆、和和睦睦、幸幸福福一辈子。但是，我却放飞女儿，千山万水，千里万里，漂洋过海，渐行渐远，天各一方。

我真的又纠结又矛盾，而且，还把一组组矛盾，交给一个女孩子。

我常给女儿灌输，做人的一些"歪道理"，比如：

要感情丰富，又要冷静理性；

要单纯善良，又要精明老练；

要轰轰烈烈，又要安安稳稳；

要小家碧玉，又要高端大气；

……

还有许许多多，我想做而没做到的，甚至有些是我人生中的一个梦，是一个理想化的诉求和希望，全都一股脑儿地寄托在女儿身上。

今天啊，值此给女儿过生日之际，我太纠结，太矛盾，对女儿的教育、引导、要求，不知是对还是错？

2018-05-20

为了梦中的橄榄树

女儿去美国留学 7 个年头了，今年又没回家过年。

春节那天，她在微信圈发了几句话，看得我眼泪都掉下来了。

女儿的微信这样写道："那天在电视上，听到《橄榄树》那首歌曲，虽然，这是一支听过无数次的经典老歌，但当听到'不要问我从哪里来，我的故乡在远方……为什么流浪？为什么流浪？为了我梦中的橄榄树，流浪远方。'的时候，我止不住地流泪了。是啊，我为什么流浪远方？突然间，我很想家，很想爸爸妈妈。"

妻子看到女儿这篇微信，就一边抹眼泪一边抱怨："一个独生女，远隔重洋，走得这么远，身在异国他乡，我们想她的时候见不着，她需要帮助的时候，我们够不着。"

其实，女儿在出国之前就回答了这个问题，她曾在一首诗里写道："因为我选择了天空，所以我要飞翔。"

是啊，为了她梦中的橄榄树，她一直在奋力飞翔。

——读大学时，学校刚实行学分制，她就用 3 年时间修完 4 年的大学课程，以优异成绩完成学分，获得学士学位，提前 1 年大学毕业；

——大学刚毕业，上海市有关部门来学校要人，学校也推荐了她，但她毫不犹豫地放弃，一心补外语，报考美国学校读研究生；

——两年读完硕士，她又考试获得奖学金读加州大学的博士；

——在美期间，她一边读书，一边当助教，搞学术课题研究，参加学术交流活动，假期到美国知名企业实习。

……可谓精彩纷呈。

正因为女儿飞向天空，飞向远方，她对故乡的眷恋，对父母的牵挂才如此深情。

想到这些，我和妻子的心情在平静之余，陡然间还泛起了几多释然、轻松、心安、愉悦。

2016-02-26

让书香气浸润着她

这次到旧金山看外孙女，时间虽短，印象颇深。

分别才半年，中途我又回国一月，每次相隔，即使一月，再见面时，都会给我带来惊喜。

5月中旬离开旧金山，6月中旬我又去。上次去时，两岁半的小外孙女，已经能背诵《三字经》《唐诗》《弟子规》等好些篇章，这次不但能跟我解释某些诗句的含义，还能绘声绘色地讲好些童话故事。特别对漫画小人书《迪士尼公主》系列中的白雪、仙蒂、爱洛、爱丽儿、贝儿、茉莉、木兰、蒂安娜、梅莉达、艾莎、安娜、莫阿娜等公主的故事，画面形象更是熟悉。有时，我对那些公主的名字搞错了，或根本记不住，她就会纠正我。

平时我观察，这孩子在众多的玩具中，与书本相处的时间最多，而且，在外面回到家里第一件事就是去她的小书架前，翻出喜爱的书，要么拉住大人给她讲故事，要么她像模像样地拿着书给大人讲故事。

孩子这么亲近书籍，热爱书籍，离不开书籍，这个习惯是怎么养成的呢？

那天中午，我午睡起来，老伴和小外孙女在客厅的地毯上正讲着《白雪公主》的故事。

在家，小外孙女常常这样拿着漫画书，绘声绘色地给大人讲故事

老伴努力装出奶声奶气的童声问："7个小矮人为什么会帮助白雪公主啊？"

小外孙女用动听而稚嫩的声音答："因为白雪公主美丽、善良。"

老伴："只是漂亮吗，还有呢？"

小外孙女："白雪公主还勤快，把7个小矮人的屋子收拾得干干净净。"

老伴："对啦，人们是不是要互相帮助，才能友好相处啊？"

小外孙女高兴地回答："是的，我们要学会互相帮助。"

老伴伸出拇指，给小外孙女做了一个大大的点赞姿势。

小外孙女银铃般的笑声响起。

有一位哲人说过："书籍是培植智慧的工具。"老伴和小外孙女的这一幕使我明白了，老伴每天在与小外孙女的互动中，不知不觉间用书中的故事浇灌着孩子的心灵，滋养着孩子成长。

在这些故事里，那些美丽的公主和勇敢的王子，以及类似7个小矮人的那些勤劳善良的正面人物，成了她幼小心灵中的偶像；诸如，巫婆、魔鬼、大灰狼等反面形象，又成了她认识世界的复杂、鉴别是非好坏、培养自我保护安全意识的初步教材。这些适合幼儿心理的故事情节，以及故事中人物、动物、环境把孩子领进了一个全新的世界，潜移默化地吸引着孩子、影响着孩子、启发着孩子、教育着孩子。

我不由得对我这位平时唠唠叨叨的老伴，另生了几分敬意。

这让我联想到孩子的奶奶，孩子的爸爸、妈妈，也常常用同样的方式与孩子互动，捧着书本给孩子讲故事，讲故事中的道理，回答孩子幼稚的提问。正是她们的爱，她们的付出，让孩子的成长过程，浸泡在浓浓的书香味中。

2019-07-20

育儿往事

女儿出国留学 4 年多了，她来邮件，要我把她从小到大在父母身边的成长经历，特别是其中有意义的故事写给她，由于我和她妈妈的大体分工是，她妈妈主要负责她的日常生活，我主要负责对她的教育培养。因此，就按分工，我就重点从教育方面去回忆吧，就以《育儿往事》为总题，把点点滴滴的这些小事写下来，想到哪就写哪，或多或少，或长或短，以给女儿书信的口气写下来。

这些往事虽然过去若干年了，但，历史是一面镜子，记住过去，或许对女儿，对更多的人，有些启迪，有些借鉴吧。

——题记

一、罢课

那是你读高中三年级的时候，平时放学你回家都比较准时。可是，有一天下午，你放学回来比平时晚了好长时间，我和你妈妈都很着急，我开车到学校门口等了你一个多小时才接到你。

我问你是什么原因耽误了。

你兴冲冲地告诉我，你们全班下午罢课了。我听了，大吃一惊，忙问："为什么要罢课？"

你说，很快就要高考了，毕业班的各科老师，都应该配强一些，而且，要相对稳定才行。可是，学校却把一个没有教学经验的年轻教师换来上你们班的英文课。上了两周，全班同学都反映，这位老师上课读音不准，讲课表达不清，甚至很多地方是错的。全班同学曾向学校反映过，要求重新调整上英文课的老师，学校没有答复。

于是，你们就全班串通，罢这位老师的课。

下午，这位老师来上这天的最后一节课。一走进教室，只见全班同学一声不响地站在自己的课桌前，凳子全都放在课桌上，黑板上写着：老师，对不起了，我们真的不能适应你的教学方法！

老师一看这阵仗，转身走了。

一会儿，你们的班主任来了，校长来了。最终，这次极端的行为，致使校方给你们班重新换了较强的英文老师。

因为你生性活泼大方，在同学中有一定号召力，加之你又是班干部，学校一直以为你是这次罢课的组织者，给自己造成了不必要的负面影响。

事后，我想要让你从中吸取一些有用的东西，咱爷俩就一块对这次罢课事件，进行了一次讨论。

我说，同学们不适应这位英文老师的教学，可以采取非极端、非对抗性的方法解决：一是多与这位老师交流，尽可能地相互适应，这是上策；二是通过班主任或校领导，转达同学们的意见，要么老师能听进意见，对自己的教学方法加以改进，要么由校领导出面，调整教师，这是中策；三是由全班同学用罢课这种极端性、对抗性的方式，强制赶走这位老师，这是下策。你们没有采用中上策，而是用了下策。

中上策都是非极端、非对抗性的，有积极意义，很平和地就可以把问题解决好。

而下策则不然，它使学生和教师的关系处于对立，使学生和学校的关系不和谐，还使全班同学在全校造成了"闹事"的不好影响。当然，像你这类班委，又会让老师们"另眼相看"。如此，等等，打乱了正常教学秩序，影响了学习环境，破坏了学习心情。这是面临高考的毕业班的大忌啊！

听到这里，你好像恍然大悟，觉得爸爸分析得有道理。

最让我欣慰的是，你竟然要求我遇事都要你分析，还进一步要求，把如何分析，如何冷静、清醒处理的方法告诉你。

从此后，只要你有事，我就会提醒你，先思考、分析，再选择用哪种方法去处理，这就是中国先哲孔子说的"三思而后行"。至于思考和分析的方法，只要你养成了遇事三思的好习惯，在长期的实践中，在长年累月中，定会摸透事物发展规律，形成自己的一套方法。

二、小小报幕员

只要提起你在4岁多时参加幼儿园组织的"6·1"文艺演出那件事，你妈妈和我都会笑个不停。

那年"6·1"节的下午，市直机关幼儿园在影剧院演出厅，组织了一场幼儿园小朋友的文艺汇报演出，参加的家长和市机关有关方面人员1000多人。你是幼儿园选出的小报幕员。虽然，经过半个多月的排练，但临近"6·1"，你却老是忘词，可把幼儿园老师急坏了，那几天连家长都被动员来参与辅导，忙活半天，你还是记不住。离"6·1"仅两天，换人根本来不及了，到时只有勉强把你推上台。老师把你妈也叫上，你在台前，她们在幕后，准备给你提词。演出时，你却创造了奇迹。大幕缓缓拉开，你从容上台，一字不错，表情得体，声音响亮，赢得满堂掌声。

演出结束了，老师和认识的家长，都上台来祝贺你、表扬你。这时，你却站在台上不下来，对老师说："老师，我还要演。"老师说演出结束了，妈妈去抱你下台，你就是不下台，还要继续报幕。不让你在台上，你哭了，大家笑了，你哭得很伤心，大家笑得很开心。

事隔多少年了，每年的"6·1"节，你妈妈都会讲起这件事，听的人都笑，你也笑。

那件事后，你妈常担心地说，一个女孩家，爱出风头，爱表现，不是件好事。我说，如果一个孩子没有表现欲，没有争强好胜的想法，长大后哪来的理想、追求、奋斗？不学习，不努力，不掌握比别人更多的知识、技能，拿什么去出风头，拿什么去表现？对孩子身上的一些表现，要更多地从积极意义上去正面看待，要保护她冒出来的那些带有优点的性格特征，更要细心地正确引导。

于是，从那时起，我们就引导你要养成好学上进的好习惯，同时又要注意养成谦虚、谨慎善于学习的作风。有意识地要求你低调做人，高调做事，培养你树立理想，奋力追求，对生活充满激情，不断地创造人生的希望，并把希望作为引力，不断地为实现希望去奋斗。

在你后来的成长道路上，好像你也是这样一步步走过来的。

三、不放弃，希望永远在

每逢重要考试，你的成绩比平时都会有差距，但是都没把你考怕，考糊。

还记得当年考托福吗？初次裸考，成绩 60 分，好像基础还不错。当时，老师、同学和家里人，都做了保守的评估，经过两个月的补习，应该可以达到美国多数学校的录取条件。在若干次模拟考中，辅导老师和你自己都很有信心，并一致认定，如果正式参考，绝不会掉下 80 分。可是，结果却事与愿违，当考试结束，仅得了 70 分。你一直为这次关键性考试的结果耿耿于怀，把它视为你读书路程中的重大失败。

当第一次正式报考的分数下来后，你茫然，先是不相信只有这点分，查分确认后你在失败面前哭了。爸爸妈妈见你如此，急得手足无措，你妈当时曾和我说："算啦，一个女孩家，有个大学本科文凭够了，工作去吧！"当年，你这个专业也好找工作，你们班的同学一毕业，全都留上海工作了。可是，几个小时后，你立即调整情绪，决定不向挫折、失败低头，为自己的理想、目标奋斗下去，坚持住，不放弃！一边投入新一次备考，一边在网上排队报名，登记参加下一次托福考试。妈妈也很配合，返贵州的机票宁可作废，也不干扰你的决定，在上海陪你，直至你另一次托福考完。

功夫不负有心人，你的果敢、坚持得到了回报。事隔不到一个月，你的托福成绩增加了 20 来分。在网上刚查到成绩，你第一时间给爸爸打电话，你把你的兴奋喜悦第一个给爸爸分享，你那时的高兴劲儿恰恰和第一次失败的心情完全相反。这么短时间，这个分数，不但我们感到意外，连辅导老师都为之惊诧。加上专业课的成绩，你具备了申请就读美国排名 100 名以前大学硕士研究生的资格。有了以上基础，才有你现在两年读完美国加州州立大学硕士，又考入加州大学获奖学金攻读博士的结果。

在你出国留学考托福这件事中，我们爷俩曾谈论过，如何看待人生中的困难、挫折、失败，我们取得了比较一致的意见。你也悟出了只要不放弃，只要坚持，希望就永远在的人生道理。你还认识到，如果正确面对，每次困难、挫折、失败都会成为个人最宝贵的精神财富，反之，你妥协了，认输了，那就会成为精神负担，就是心中永远的痛。

因此，你面对困难、挫折、失败，没有低头，没有放弃，没有泄气，你选择了坚持、奋斗。你为自己不断地创造新生活，营造新希望，不断地为你的人生增添新内容，并不断地收获和享受着人生的快乐和幸福。

爸爸相信你以后还会这样走下去。

四、生命的希望

当今，好多人都在说一句很励志的话："人的生命有长度和宽度，上帝把每个人的生命长度留在手里，却把生命的宽度交给了每一个人。如果你热爱生命，就努力地去拓展生命的宽度吧！"所谓长度，指在人世间活了多长时间；所谓宽度，就是生命的外延和内涵，也就是我们常说的生命的质量。

生命的长短，体现不了生命的价值，生命的宽度和厚度才是生命的质量和价值。

如此看来，生命的长度是上帝管的事，我们管不了，就按上帝的旨意办吧。而生命的宽度则是我们毕生应做好的事。如果我们尊重父母给的生命体，如果我们热爱生命，我们就去努力地把它做得宽厚而丰富多彩，这就是生命的意义，也是我们鲜活生命的使命！

正是为了这一使命，正是为了提高生命的质量，正是因为我们都热爱生命，正是为了让自己的生命绚丽多彩，我们选择了忙碌充实的人生。

　　我们用奋斗去实现梦想，寻求幸福。

　　我们这一代，做得不好，也没做够。于是，把这个接力棒交给了你。

　　有时，你在学习、生活上吃了苦，受了累，我们很心痛。但，如果让你不学无术，碌碌无为，虚度人生，可能我们会更心痛！

　　于是，从小我们就向你传递这些观念，并在学习上要求你刻苦，生活上要求你俭朴。

　　当然，对物质的"度"，你的吃和穿，以及零花钱，我要你节俭，但我们不缺钱。对学习的"度"，你获得的现有知识，比起未知来是九牛一毛，古人说学无止境。对做事的"度"，你的成功、成就，以及你的失败，都已经是过去的事了，每天都是新的，每天都是刚刚开始。

　　生命的宽度无边，生活的享受有度，这是正确、健康的人生观。

　　你在实践中，每天都在努力地为生命增加宽度，做得比我希望的要好。

　　这里有两个例子。

　　一个是你的高考成绩与你平时的实际成绩相比有明显下降。初中考高中时，你是以班上前三名的成绩进入高中的，高中三年的平均成绩均在班里的前十名。但高考成绩一下来，却令人大失所望，仅得480分，这是你一直认为的，你人生中的第一次失败。

　　在大学，你的高考成绩是全班倒数第一，但你面对失败，不当成包袱，知不足而后勇。经过第一学期的调整，第二学期开始，拿奖学金，当选班干部和学校学生会宣传部部长，参加学校组织的社会实践活动，被评为优秀学生，获得上海市教委、团委，青年联合会等单位的联合表彰。更值得骄傲的是，你勇敢挑战，给自己加压，提前一年修满大学本科学分，3 年攻读完成 4 年大学课程，获得了学士学位。你是你们学校实行学分制以来，提前毕业的两个学生之一。

第二个是，面对大学的成绩、成就，特别是当年毕业时，你的专业在上海就业很有优势，你们班实现了百分之百的当年就业。作为一个从贵州大山里走出去的女孩，能在大上海工作已经很不错了。但是，你认为这些都让它过去吧，咱们又从头开始，于是你选择了补习外语，再考试出国留学。为了梦想，你远走异乡，读了硕士，又读博士；于是，在绿树成荫的加州大学校园，有了你的身影，在美国西海岸的沙滩上，有了你的足迹。

无形中，你的生命在加宽，你的生命质量在提高，你的心胸、眼界都在变，幸福指数大大提高，我们也在分享着你的快乐。

而且，你现在所做的一切，还在创造未来和希望，很多快乐、幸福在向你招手，等待着你去收获！

五、两耳要闻窗外事

一个女孩，书读多了，学历高了，不一定是好事。自从你读博士以来，我和你妈妈常听到亲朋好友这样对我们说。这些好心人的好意，我们心领神会，他们是怕你读死书，死读书，读成书呆子，找不到对象。开始我不以为然，说得多了，你妈也随之附和，我也不能等闲视之。于是，我给你下

达了读博期间的三大任务：拿到博士学位，结婚成家，生育孩子。

你听后，哈哈大笑，爽快答应。

其实，对你而言，我很放心。因为，从你小的时候我就给你灌输：不但要专心读书，还要两耳要闻窗外事，注重社会实践，从课堂外汲取知识。

你还记得吗？要高考了，你们犯了大忌，而老爸不但坚决支持，还大力帮助。

那是 2004 年的春天，所有的高三学生都在紧张地备战高考，而你却约了两个同学要搞社会调查，并报了课题，要将调查成果写成调查报告，以社科类作品参加省市举办的中学生科技作品大赛，学校也立了项。要完成这一课题，需要深入社会，走访大量人群，收集很多具体数据，学习相关政策法规，再认真加以分析研究，才能形成有价值的调查报告，所需时间精力可想而知。临近高考，做出这样的决定，亲朋好友，包括部分老师都认为这不合时宜，风险很大，定会给高考带来负面影响，得不偿失。可是，这是你们在中学阶段走出课堂，参与有意义的社会实践活动的一次好机会，也是最后的机会。你们决定不放弃，我也支持你们。

你们花了近两周时间，深入城市 40 多条小街小巷，访问了 60 多位市民，发放了 100 多份调查问卷，形成了近万字的《城市建设要强化人性化理念》的调研报告。这一课题在参加省市中学生科技作品大赛中，获得了一等奖。你作为项目负责人，在专家答辩会上是主辩，在报告中是第一作者，你们参与的三位同学，均获得了高考加分。

在高考备战的关键时期，我之所以顶着许多不同意见，支持你们去搞社会调查，其目的是强化你们对社会实践的重视。

在教育孩子中，或者说在人一生的学习生活中，我崇尚读万卷书，行万里路，做万件事的观点。我认为，从书本中获取知识，仅仅是学习的一种途径，而更重要的是注重在社会实践中学习，获得更多知识。因此，我极力主张书本与实践的结合，并更强调实践性。

"两耳不闻窗外事，一心只读圣贤书"，这是读书人的千年古训，它要求读书人专心致志，闭门读书。这条古训也就被许多家长奉为教育孩子的经典名言。除了上课，做作业，或课余再添加些诸如绘画、跳舞、钢琴等特长培训，更多的是参加大量的外语、数学等科目补习。这就是这个时代的孩子们，从小学到高中的主要生活模式。

我是 20 世纪 50 年代出生的人，经历了中国那个时期的动荡和变革。个人在这些社会变革中，人生经历也是丰富多彩。每段人生经历，每个社会角色的转换，都是我人生内容的丰富和生活知识，技能的积淀，性格意志的锤炼，均成为我受用一生的财富。

在我拥有的整个知识结构中，从书本中获得的仅仅是一小部分，更多的是来自社会实践。

从你上幼儿园、到小学、中学，我都给你讲我不同时期的故事，目的是把你的兴趣从课堂引向社会，把你的注意力从书本扩大到社会实践。在你的不同年龄段，爸爸妈妈几乎每年都要和你去外地度假。到昆明、上海、北京、香港等现代大都市，去感受人类文明的成就，到海南岛的大海边去感悟浩瀚与宽广，到云南的玉龙雪山、苍山洱海去体味大自然的神奇壮美，这些都是为了拓展你对外部世界的向往和培养你对新事物的兴趣。

由于你读书的同时老是两耳要闻窗外事，因此，你在读大学时期，不断参加各种社会实践活动，担任学校组织的社会实践小组组长，带队深入贫困边远山区搞社会调查，获得上海市团委、妇联、青年联合会、教育局等机构联合组织评选的上海市大学生社会实践先进分子。你还多次以志愿者身份参加在上海组织的国际大型会议的服务工作，不断努力学习，连续三年获得奖学金，还勤工俭学，为自己挣学费和生活费。

人是社会的集合体，是整个社会的综合反映，是社会之核，是社会之魂，绝对不能脱离社会，不能读死书，当书呆子。读书是为了用于社会实践，指导社会实践。当然，最重要的是要养成善于学习的习惯，对生活中所经历的大事小事，都要用心去感悟、总结、思考，从中吸取、积累有益的知识和经验。

或许有人会说，这样的生活方式不是太累了吗？

我认为恰恰相反！培根的名言：知识就是力量。你积累的和拥有的知识越多、越丰富，你就越强大，应对生活中所遇到的困难、挫折就越是得心应手，轻松自如。这样的人生，一定会快乐幸福。

我相信你，一定会继续去实践的！

六、梦想是希望的种子

最近，央视推出了一个"你的梦想是什么？"的随机采访专题报道。是啊，每个中国人都有自己的"中国梦"。说到这里，让我想到了你在读高中时，发生在我们家里的一个故事。

那年，我们家搬新家了，是搬到6层楼的顶层。买房时，你妈说楼层高了，又没电梯，不同意，我却坚持要买。其实，我就是看中了楼顶可建小花园这一优点。就因为这一原因，虽然搬了家，你妈坚持不去小花园，更不会去管小花园。

小花园刚建起来的第二年，春天来了，我种在小花园里的那些植物长得特别好，各种花朵开得鲜艳繁茂，我硬把你妈妈拉到小花园中去看花。根本不关注小花园的她看到那些相继开放的玉兰花、梨花、桃花，还有那些花草在春风吹拂下吐露出的嫩芽，你妈妈感到新奇、新鲜，她笑了。

也许是受到春的气息诱发吧，你妈妈拿了一把豆子给我，要我把它种在小花园的泥土里。豆种种下后，以前基本不去花园的她一下子变了，对豆种的希望，让她牵挂、关注。于是，她就三天两头地往花园跑，每次去，她都会给种下的豆子浇浇水。大约过了一个星期，那天下午，她从花园下来，还未进屋，就听到她的笑声了："哈哈哈！快去看，那些豆子全冒出嫩芽了！"她那笑声和话语里传递着的激动、喜悦、快乐，和着那遮挡不住的好心情，像春风一样极富感染力。

后来的几个月里，这些豆子长叶、抽藤、开花，直至结出长长的豆角，一个变化接着一个变化，一个希望接着一个

希望。在豆子的每个生长变化中，你妈妈都在享受着这些豆子带给她的快乐。当然，每次你妈妈乐了，我们也会跟着乐。

这个种豆的故事，给了我很多启示，它应该是对我的"中国梦"的诠释。

我想起了一句老话："种瓜得瓜，种豆得豆。"此时，我对这句话的内涵也有了更深的理解。这句话的核心是"种"而不是"得"，"种"是前提，"得"是结果，没有前提，就没有结果。人生有很多东西是没有结果的，但我们穷尽毕生精力，就是为了这个没有结果的结果去奋斗。人生就是如此，每个人从出生就知道自己的结果，那就是死亡。但人们却不顾千难万险，拼命地要活下去，而且，都希望尽可能地活得长一点，其实大家都渴望享受生命的这个过程。在这个过程中留下的痕迹，本身就是生命的另一种形态的结果。这个过程就是人生的收获，生命过程越精彩纷呈，越波澜壮阔，越丰厚美丽，人生的收获越大。

从这个小小的种豆故事中，我对梦想有了清晰地认识：梦想是一粒种子，种下就有希望。

正因为我们在人生的道路上，不断地种下梦想，营造希望，并且，努力地为实现这些梦想去行动，而我们则尽情地享受着生命过程中的快乐。这个过程，令人牵挂、关注、付出，也令人激情飞扬、刻骨铭心、难以忘怀。

有希望的人生，就会有生活的激情、动力，成功就会在彼岸向你招手。

我好多次和你讲这段往事，谈我的感悟，你只是点点头，笑一笑。但我已经从你成长的历程中，看到你在不懈地践行这一理念。

你，作为一个女孩，从 5 岁就开始启蒙读书，小学、中学、大学，学士、硕士、博士，20多年，读书上课，也记不清多少本作业，多少次补习，多少次考试，你没有停歇，没有放弃。不断前行，不断播种着你的梦想，为梦想去飞，为实现梦想不断地奔跑着、拼搏着、攀登着，征服了一次次挫折、一个个困难，攻克了一个个山头，也享受着风雨过后见彩虹的美丽和这些过程中的快乐。同时，你用你每个阶段的进步，把快乐传递给我们，让我们分享着你的快乐。

为生命的美丽去播种梦想，并为实现这个梦去奋斗，这应该是我们每个人的中国梦吧！

2012 年 7 月至 2013 年 3 月

走吧，带孩子到大自然中去

做了父母的人就是不一样！女儿自从成了家有了孩子，我就感觉她变化很大，她和女婿对孩子的呵护、关爱、教育，其用心用情，除让我为自己年轻时，在孩子身上所花的心思感到自愧不如之外，还对这两个年轻的父母生出了些许称赞与欣赏，并想把这理智的爱传递、分享给更多的年轻父母。

她们的育儿理念，我曾有短文传递过，好些亲友希望能再次联系实际，做些介绍。

刚好，这个夏天的 6 月，女儿女婿为了践行常带孩子到美丽的大自然中去的理念，在幼儿园放假期间，带着两岁半的孩子，去夏威夷度假，我和老伴也一同去了。

她们总结的育儿理念概括起来是，从孩子出生开始，只要能睁眼感知世界，就应该常带孩子去 3 个地方。

一是常到大自然中去。日月山川、江河湖海、风雨雷电、四季轮回，造就出大自然的大美。大自然乃百科全书，人乃万物之灵，能熟知自然、热爱自然、融入自然，就能热爱生活，感知大美，从中获取丰厚养分，让人生充实、生命精彩。

二是常到人多的地方去。聚会、商场、集市、机场、码头、儿童乐园等都可常去。学会与人交往，感受人间之爱，就不会孤独、不会自闭，养成互助、关爱、善良、诚实的品格，就拥有了做人的能力。

三是常到文化积淀深厚的地方去。大学城、图书馆、博物馆、纪念馆、书城、画展、音乐会……这些场所，这些活动，积淀和传承着人类文明的成果，从小接触画展、音乐会，从小接触她，感知她，亲近她，就会熟悉她、热爱她、接收她。这些信息会培养出孩子强烈的好奇心、求知欲，一步步引导孩子好学上进，用知识改变命运，走向精神高地。

夏威夷茂宜岛这颗镶嵌在太平洋中的绿宝石，以其自然生态环境保护完好而闻名，在这里最能感受到原始自然的大美。这里有着完整的热带雨林，火山造就的悬崖惊涛，风格各异的海湾沙滩，从海平面观看到的灿烂日出和辉煌日落。在这里能领会大海的精神内涵。

女儿女婿最希望自己的孩子未来心胸像大海一样宽阔敞亮，性格像大海一样刚柔相济，情感像大海一样丰富多彩，人生像大海一样波澜壮阔。

虽然，只是短短的 3 天时间，但是，茂宜岛的大海，真让我们获得了这些感觉。

看看小外孙女与大海相处的这几天时光，或许你也会有和我一样的体会吧。

2019-07-06

一岁师

我们的小板栗一岁啦。

我称你为一岁师，就是说虽然你才一岁，但我要称你为老师，是因为你从来到这个世界，每天的成长变化都在诠释着中国传统文化留下的"人之初，性本善"经典句子的内涵。你的一举一动，把人性的善良、智慧、纯洁、美好表现得淋漓尽致。你用你每天的努力、坚持、进步、成长、变化更新着我们的生活，更新着我们的思想，填充着我们生命的能量，启迪着我们对人生新的感悟。也许，你在这个无意识的阶段展示的只是人的本性，但在我这个走过了人生花甲的老人眼里，这一年中的每一天，你给我们传递的除了生命成长的正能量，还有思想的深刻度。你真像一个小天使，所以，我要称你为一岁师。

在那些时光里，你还不会说话，但你用你的行动为我们诠释了"放弃、奉献、坚持、创新、学习"这些词汇里包含的人生哲学，做人真谛。在你周岁之际，我把他们记下来，作为给你的生日礼物吧。愿你在能看懂这些文字时，看了你一周岁前这些表现，会有比我更深的感悟，或许对你今后的人生有正能量的作用。

放弃——你的小手刚学会抓住一些小玩具，当你去拿另一个玩具时，你一定会先放弃手中的玩具。每次看到你很自然地这么做的时候，我陡然间明白了，原来放弃旧的才能得到新的这个道理，是天生的，只是被人们在成长中遗失了，才又要重新学习。

奉献——妈妈对着你叫宝宝，并用手抚摸你的小手，你第一次笑了，小脸笑得像一朵美丽的花朵，而且，那"咯咯"的声音，像一串银铃般悦耳动听，这笑声带着快乐弥漫在整个家的空间，融入全家人心里。你好像很懂得投下一缕阳光，会收获一片灿烂，奉献一脸笑容，就能带来一阵快乐。后来，你就学会了主动把笑声送给他人，并且，从那以后，每天你的笑声没有断过，全家的快乐也没有断过。

坚持——你自己站立，跟跟跄跄地迈开第一步，开始学走路了。从摇摇晃晃迈出几步，到能在房里从这头走到那头，才半个月，数不清你多少次摔倒，撞到桌椅上、墙上多少次，小屁股上、小脸上留下了多少撞痕。但是，你没有害怕，没有退缩，仍然坚持，每天你都会甩开大人的手，自己走。你坚持了，你成功了，你能不扶不牵，独立行走了。

创新——从你来到这个世界的第一秒，每时每刻、每月每天你都在变化之中，从妈妈肚子里出来后的第一声啼哭开始，会爬了、坐了、站了、走了，能听懂大人的话了，能随着音乐手舞足蹈了……每天，你都在更新着昨天，你都会用不同于昨天的面貌迎接未来，为你的小生命带来活力，给家人带来快乐，带来希望。好像你在告诉我们，一个人的灵魂是创新，生命的意义就是不重复昨天的生活，生活的激情来自创新，人生的未来在于创新。

学习——那次外婆喂你吃辅食，你伸出小手抓住勺子，像外婆的样子，往自己嘴里喂，你吃到了，成功了，笑了。

你尝到了学习的味道。你刚能看懂大人的一些动作，就极力模仿，努力去照着做：拿小手巾擦拭小手，摇着小手，笑着跟别人再见，拍着小手欢迎，用小手像大人招啊招地要东西，从地上拾起玩具送给爸爸妈妈。在模仿和学习中，你会的东西越来越多。你这是告诉我们，学习是人生的一部分，是生活的一部分，是生命的一部分。

　　我们的小天使，你用天性做了你还不完全懂的事，把放弃、奉献、坚持、创新、学习这些只有很丰富的人生阅历的人才能懂得的道理明明白白、简单易懂地告诉了我们，谢谢你了，你是我们称职的一岁师。祝福你，在你未来的人生过程中领悟它、记住它、做好它，你的人生一定很精彩，你的生活一定很幸福。

2017-11-12

真的没时间"寂寞"和"无聊"

原以为，这次来美国，女婿上班忙，女儿生了孩子后，办完毕业手续，正抓紧时间做找工作的准备，又有不到两岁的小外孙需要照看，绝不会像前几次那样，旅游的时间多，夏威夷、洛杉矶、圣地亚哥、拉斯维加斯、一号公路自驾游，美丽的西海岸玩个遍。这次就老老实实地待在家里，做饭、带孩子，应该体验到很多从国内来美国，且住时间较长的老人所说的那样"好山好水好寂寞，好吃好喝好无聊"的生活了。

真的，来美国一个多月了，我们一直待在旧金山湾区的女儿家，就在她们家小区附近活动，没出过远门。

可是，好山好水有了，好吃好喝有了，那个"好寂寞"和"好无聊"却没有来。

这是为什么呢？

这次没出远门，没离开过女儿家居住的旧金山湾区，成天带孩子去诸如图书馆、儿童游乐园、社区公园，每周去华人超市买买生活用品。至于社区里那些健身房、篮球场、网球场、足球场、游泳池、活动室、博物馆等城市公共设施，我们连走马观花、看看的时间都没有，已经无暇享用。

每天到了图书馆，想翻看一下中文书报和刊物，小孙女却要听老师讲故事，要领着她配合老师做游戏，课程刚完，回家的时间到了。

到社区儿童游乐园，孩子还在各种玩具中玩得起劲，她兴高采烈的笑声，我们还没听够，吃饭的时间到了。

每次去湾区海边的公园里，蓝天白云，温暖的阳光，轻拂的海风，小孙女在绿茵茵的草坪上奔跑玩耍，我们在树荫下的坐椅上，正享受那沉醉在画中的感觉，孙儿午睡时间到了。

每当路过社区的活动中心，听到从活动室飘来的合唱团的练歌声，看到那些练瑜伽、学舞蹈的身影，看到从健身房里出出进进的运动者，好多像我们一样的国际老人早已是其中一员。可是，我们只能企盼着，明年外孙女送托儿所以后，再加入这个队伍了。我还编织过很多梦，比如，去追寻旧金山艺术博物馆里某件藏品中承载着的故事；去一号公路上的某个海滩观日出过程的灿烂和日落时分的辉煌；站在海岸边的悬崖上，在海风中听涛声拍岸与海鸥鸣叫的交响曲；去唐人街的某个店铺里，品着中国工夫茶，听一段华人当年在荒无人烟的美国西海岸的创业故事；或在每天的某个时段，静静地读点喜爱的书，或把心中一吐为快的话写成文字，供圈中好友一哂……

但是，带外孙女中那些琐碎的辛苦和亲情的快乐，已经把我们的时间挤占得满满的，真的没时间去"寂寞"和"无聊"了。

只能挤点时间，用手机留下这些生活中的碎片。

2018-04-19

这些另类老头老太们（一）

最近，好多像我们一样退了休的老人，刚从繁忙的工作岗位退下来，心里空空荡荡的。于是，老人与老人扎堆，老同事、老同学、老战友的聚会增多，在网上又形成了一个个同类人的朋友圈，在这些场合议论最集中的话题就是如何保持身体健康。

渐渐的，"老来之福，在于随遇而安，及时行乐，健康唯上""儿孙自有儿孙福，少管或尽量不管儿孙事""远离世俗，毫无牵挂，放飞梦想，寄情山水，浪迹江湖，安度晚年"的观点成了这个群体中的主流。

随即，打太极拳、跑步、做瑜伽、跳广场舞、旅游等活动，自然成了退休老人们的主要生活内容。买保健品和旅游，也自然成了他们主要的消费渠道。

当然，在这些圈子里时间一长，听得多了，我也认同了这些观点，也常参与这些活动。

这次来美国旧金山，帮女儿带小外孙女，结识了一帮和我们同类型的老人，看到了他们的另一种生活，却是"帮管儿孙事，快乐在其中"。

也听到了好多"奇谈怪论"。

湖南李老太太说："爱的能量，是世界上最大的能量，它

一群"研究孙"

能使生命之火熊熊燃烧。我在家也像许多退休老人一样，跳广场舞、唱歌、打球、旅游，但是身体上的毛病老犯。来这里和儿子们在一起，天天带小外孙，这亲情之爱，这天伦之乐，治愈了身上的毛病。睡得香，吃得饱，精神好多了。"

北京宋老头子说："牵挂也是一种能量。退休了，没事可做，无牵无挂，心里空空的，老想着身体健康，反而把身上的毛病想出来不少。自从女儿有了孩子，我来美国两次，每次三五个月，天天与儿孙相处，享受天伦之乐，回国天天牵挂，每天想和他视频，想听他讲话。这份亲情，这份牵挂，填补了我内心的空白，点燃了我的生命之火。人啊，只要有想头、有念头、有牵挂，精神状态就变了，身体也比以前健康多了。"

类似的"奇谈怪论"还有好多呢。我们先看看他们在我镜头中，是怎么享受天伦之乐的吧。

2018 年 8 月 4 日

这些另类老头老太们（二）

前几天发了一篇短文，说了我在美国旧金山结识了一帮从世界各国来旧金山湾区，帮着自己的子女照料孩子的另类群体，戏称"研究孙"的老头老太的生活小片段。这下可惹着他们了，有几个老头老太就对那篇短文评头论足，硬要我再发第（二），以正视听。

惹不起呀，我就把他们怎么说的，怎么做的，录于其后，就算是《这些另类老头老太们（二）》了。

这回可不能用"奇谈怪论"这样的贬义词了，应该是他们在与孙辈相处的时间里的心得体会吧：

——四川贾老太，在国内几乎每天早晚两次广场舞，孙子出生后，儿子一个越洋电话，一声告急，二老就飞过来了。孙子两个多月就带到图书馆来。那天在图书馆相遇，一聊，那句"现在，我是儿童舞代替了广场舞。"让我一见到她就想笑，特别是上课时，孙子在她怀里睡着了，她却跟着音乐，学着老师，伙同一群小孩手舞足蹈的时候，那个快乐劲儿，常常感染着我。

——贵州夏老头学外语的故事，比喜剧还精彩。你听他绘声绘色地描述怎么学英语，不想笑也得笑："狗儿"是女孩，"波歪"是男孩，"们"是男子，"我们"是女子，"三口"

是谢谢，"搔瑞"是对不起，早上好是"古的猫宁"，下午好是"古的阿夫特扭"，晚上好是"古的衣物宁"……他成天这么背啊，记啊，有时候还真能用上。重要的是，他在其中找到了乐趣。

——山东胡老头对我说："老高哎，看你也是喜欢看书的人，你有没有感觉，教小外孙读《三字经》《弟子规》等中国幼儿经典读物，我们重温儿时读过的这些书，又有好多收获呢？"其实，我早有同样的体会。

——湖北杨老头，出生于20世纪50年代初，就是"长身体时，三年困难期饿饭；读书时，"文革"停课、停学上山下乡当知青；结婚时，晚婚晚育还只能生一个孩子；工作时，工厂裁员下岗"。所有这些时代烙印，都刻进了他的人生。

儿子留学美国，博士毕业后，到旧金山打拼。老两口也和我们一样，与亲家轮流到美国带孙儿。他可乐观了，按他的说法是，现在带孙儿，每天与孙儿一起上图书馆，亲身体验各种儿童活动，是对我们所缺失的童年生活的补缺，是让我们返老还童。

他们说得真不假，在图书馆，每次看到他跟着幼儿教师学唱歌，学舞蹈的那个认真劲儿，那个高兴劲儿，那种自得其乐、乐在其中的情景，我明白了。他们，当然也包括我自己，来美国带孙儿，除了享受"天伦之乐""自得其乐""乐在其中"之外，还有很多很多收获。

2018-08-14

中国大妈大爷在美国

在旧金山湾区硅谷一带，聚集着世界顶级的高科技公司数十家，如甲骨文（Oracle），苹果（Apple Inc）、谷歌（Google）、惠普（HP）、脸书（Facebook）、富士通（Fujitsu）、IBM等。正因为如此，这些公司也吸引世界上许多科技创新高端人才涌向硅谷拼搏奋斗，取经学习，增长才干。其中，不乏众多的中国优秀人才，而这些人才中，又有许多是在美国留学，获得硕士、博士学位的中国留学生。这些学生连读书带工作，在美国的时间，少则七八年，多则十几二十年。这些年轻人，绝大多数是独生子女，其中大部分人都已经成家立业，结婚生子，他们的父母也多数退休赋闲，成了大妈大爷，来来往往出入美国，与儿孙团聚，也就成为这些中国大妈大爷晚年生活的常态。

因女儿女婿留学美国，读硕、读博后，也像很多年轻人那样，去了旧金山湾区打拼，于是，我们也成了这些大妈大爷中的一员。

在美国常常带孙儿上图书馆、幼儿园，逛公园，进华人超市等场合。异国他乡，见到中国人，就有他乡遇故知般的亲切感，也就逐渐认识了许多华人。互联网时代，在各个华人多的社区，自然地有了大妈大爷们的"微信群"。

每天在"群"里，与大妈大爷们交流，得知他们的很多信息。虽然，他们中的许多人都是退休族，而且，有些已年逾古稀，80岁开外的也大有人在。但是，他们对生命的态度，对生活的态度却充满激情与希望，全是感人的正能量，听他们谈现实的生活，谈未来的向往，还真鼓舞人，激励人。

有这样两段话，对我触动最大，印象最深。

——那些一辈子勤勤恳恳为国为民工作，辛辛苦苦为儿为女忙碌，一辈子单位没变，居住地没变的大妈大爷，退休了，因儿女在海外，却成了"空中飞人"，每年都要来往于中国和美国之间，而且，儿女们都会安排时间陪伴他们到新的城市或邻近国家旅游。当我们见面聊天，或在群里相遇，他们就会满怀激情，有声有色地谈起旅途中的所见所闻，愉悦之情溢于言表。

谈及这一切的时候，他们把它归功于自己的孩子："生命的意义不在长度，而是在于它的厚度和宽度。退休后，我们感觉孩子是我们的眼睛，是我们的腿脚，让我们看到世界的精彩，让我们走向远方，使我们生命的宽度、厚度增加。退休以后，这种生活的开始，就是我们新生命的开始，我们又走向了另一种人生。"

这话深深打动了我，我有同感，我很认同！

——外孙女两岁半了。这两年，孩子小，女儿、女婿要上班，幼儿园又没排上队，因此，我和老伴也就加入了"研究孙"的行业，每年来美国多则半年，少则数月，与亲家轮值。这期间，我们又结识了一帮"研究孙"队伍中的大妈大爷。

因年老体衰，带孩子累，常常觉得力不从心，有时候确实觉得很辛苦，很累。难免大家见面时，会叫叫苦，喊喊累。

但是，当谈到与小孙儿相处，从中获得的快乐时，这些大妈大爷的一席心里话又让我茅塞顿开，眼前一亮。"我们在带小孙儿时，由于血缘关系的奇妙，以及'隔代亲'的诱惑，除了享受'天伦之乐'的愉快外，还有一种非常特别的体会，就是在和小孙儿一起的时光里，因为要用孩子的思维方式和行为方式与之交流互动。这时，我们消失了的童心就会被唤醒，生命力就被大大激活，顿时会有一种返老还童的感觉，好像我们突然年轻了许多！"

谈吐之间，那种喜形于色的表情，那种发自内心的快乐，那种实实在在的幸福感，我眼中的他们真的好年轻啊！

……

这仅仅是大妈大爷们在异国他乡生活的一个侧面而已，他们还有很多说不完的故事，他们的故事还在演绎，还在更新。他们对生活的新观察、新观念也会时时萌生，我等待着，关注着。

我乐意跟他们在一起，因为，他们会让我年轻！

2019-04-25

把根留住

　　在美国生活的很多华人家庭，有了孩子后，都这么说："中国人的孩子在美国，不怕学不好英语，最担心的是学不好中文。"

　　对这种观点，我一直将信将疑。这次来美国，女儿女婿也担心孩子学不好中文，将小外孙女送到了中英双语幼儿园，我和老伴天天开车接送，认识了一些同样接送孩子的中国人，也与幼儿园的教师有了接触。实践证明，还真是这么回事。

　　小外孙女从出生到两岁半上幼儿园之前，从牙牙学语到与家人对话如流，讲的全是中文。可到了幼儿园才一个月不到，进的还是中国人在旧金山开的中英双语幼儿园，而且，幼儿园还没正式开始教英语，她回到家时，口中常冒出些我们听不懂的英文单词，如她要吃花菜，就跟我们说："Cauliflower"，讲"不"时马上说"no，no！"……类似好多从孩子嘴里冒出来的句子，我们听不懂，也记不清了。

　　与许多来美国带孙儿的大妈大爷们一交流，很多在美国工作和生活的中国人，其孩子都是如此。在英语国家生活，在英语环境中成长，受环境影响，不用特意要求，英语就自然会说。但是，如果对孩子不特意要求讲中文，不注重抓对中文的学习，好些孩子无论从幼儿园还是从学校回到家里，多数时间都讲英语。家长要求孩子讲中文，他们才讲中文，时间一长，这些孩子对中文生疏了，远离了，最后连听中国话都要父母帮助翻译。

我碰到许多中国大妈大爷出门，都是小孙儿充当翻译，而且，都说这些孩子，英文说得顺溜溜的，说中文就没那么顺了。反过来，好多中国话孩子们听得不明不白，还要大妈大爷们解释。

这些现象，在华人中引起了普遍关注和极大重视。

也正因为如此，旧金山的中英双语幼儿园很红火，小外孙女是排了半年的队，才得以进现在的幼儿园。

这些生活在异国他乡的中国人，对要求下一代学好中文，讲好中文，为什么如此看重，如此坚持？

这时，我突然想起多年前听台湾歌手童安格唱过的一首歌《把根留住》：

> 为了生活 人们四处奔波
> 却在命运中交错
> ……
> 啊 一生只为这一天
> 让血脉再相连
> 擦干心中的血和泪痕
> 留住我们的根

这些歌词所表达的，不正是这些为了梦想四处奔波，拼搏在异国他乡的华人心声吗？

他们身上流淌着中华民族的血脉，心中眷恋、牵挂的永远是那片养育他们的土地和那土地上的亲人，只要想起，"无

墙上贴着的布告，都是中英双语

论何时，无论何地，心中一样亲"。

　　他们的根在中国。学习中文，世世代代讲中国话，目的就是把根留住！

2018-05-13

天使的微笑

　　在旧金山的"赴美带孙群"中，流传着一副对联："隔代亲亲情尽欢，天伦乐乐不思蜀"，此联把人生甜美滋味，把在异国他乡带孙儿的大妈大爷们愉悦快乐的心情尽显其中。退休赋闲，步入老年的群体中，有一个共性，与孙辈的接触多了，就产生了恋孙情结。

　　老伴在这群赴美带孙的人群中，应该是时间较长的大妈大爷之一了，小外孙女出生时，她在美国呆了 8 个月，第二年半年，第三年又是半年。恋孙情结更是浓烈。

　　在与小外孙女在一起的时光就是她最快乐的时光。她的灿烂笑容，只有在与小外孙女互动时，我才能看得到。

　　从她在与小外孙女相处时，随手拍下的那些照片中，就可以看出，在她眼里，爱笑的小外孙女就是鲜艳的花朵，美丽的雲霞，迷人的风景，快乐的天使。用她的话说，就是一个开心果。

回国这些天，才离开两岁半的外孙女一个月，老伴每天都唠叨着，小外孙女的微笑老是在她的梦里出现，而且时不时就翻开手机中的像册，看小外孙女在照片或视频中的笑脸，这时，我也会不由自主地跟着笑起来，时间一长，还逐渐形成了习惯，当心中遇到不快之事，一看这孩子的笑脸，心中顿时就敞亮了，就轻松了，就愉悦了。于是，这习惯又演变成了我的一种嗜好，就是喜欢品读这些记录着孩子微笑的照片，并读出了这些感悟：

人类最美丽的表情是微笑；微笑是每个人心灵中最亮丽的那束阳光；微笑是沟通人与人之间的感情桥梁；微笑是生活中最甜蜜的精神养份；微笑是燃烧生命激情的巨大能源。

而在人类所有的微笑中，最美的又莫过于幼童的微笑，她像过滤后的空气；她像雨后天空中出现的彩虹；她像夏日里吹来的一缕清风；她像山间流淌出的一股清泉；她像春天的原野里盛开的鲜花；她把人们向往的最纯洁、最美好、最动人的情感元素，全放在了微笑里，当这些微笑出现在眼前，就能调节情绪，净化心灵。

我甚至觉得，这孩子的微笑，应该是有使命的，她是上天派来用微笑驱除人间不快，带来幸福快乐的天使，这孩子的笑容就是天使的微笑！

2019-07-28

既然选择了远方　便只顾风雨兼程

一、来也匆匆，去也匆匆

女儿已经 10 年没回家过年了，今年春节前，女儿、女婿积攒了两个星期的假，带着孩子，满怀喜悦心情，一路风尘仆仆，从美国旧金山赶回家来。她们企盼的是，回到阔别的故乡，与家人团聚，只为听听除夕夜家家户户传出的鞭炮声，醉心地享受一回传统春节的仪式感，深情地品品那久违的家乡味道，实实在在地慰藉沉淀心中的那厚厚的思乡情怀。

不曾想到的是，由于新冠肺炎疫情的发生，他们提前结束了假期，原本两个星期的休假，缩短成一周的时间。

元月 23 日（除夕夜的前一天），才赶到家与家人团聚，和父母没待够，和发小没见面，家乡美食没尝到，可是，所学专业的实践、应用，在公司的事业，正在渐入佳境，孩子的学习正在起步……

一边是渴望了许久的亲情、乡情，一边是奋斗了十多年的诗和远方，都舍不得，好纠结呀！

在家人的支持下，女儿、女婿果断决定：2 月 3 日的机票改成元月 31 日，提前返美。

短短一个星期，飞越太平洋一个来回，先到杭州的爷爷奶奶家，再飞到贵州的外公外婆家。时差还没倒顺，小孙女对爷爷奶奶、公公婆婆还在认生，却又要离开，这种离别的依恋之情，全写在每个家庭成员的脸上。

我看着女儿女婿拖着6个箱子，带着一个3岁的孩子，怀着对亲人的不舍，揣着对故乡的眷恋，再一次远行。脑海中油然想到，他俩从五六岁开始上学，小学、中学、大学、国外留学，学士、硕士、博士的学位证得了，之后又考取了统计师证、软件工程师证、金融师证，30多岁的年纪，二十五六年的时光，全花在不同的课堂上。浩瀚的书海里，无数次的考试中，从童年到少年，再到青年，他们奋斗的脚步，从来没有停止过。

我曾不止一次地问自己，他们为什么要选择这样的生活？

这时，汪国真《热爱生命》中的"既然选择了远方，便只顾风雨兼程"那句诗，在我心中冒了出来。我想，这应该就是他们的答案。

就因为女儿女婿选择了远方，"风雨兼程"必然是他们的人生！

二、难眠之夜

女儿一家三口，元月31日下午，昆明登机出关，经香港，第二天才能到达旧金山。

元月31日这个晚上啊，妻子可是彻夜难眠，出关时一个电话，登机时一个电话，到香港落地时一个电话，起飞时一个电话。从香港到旧金山需要飞10多个小时，等啊，等啊，半夜不断看时间，计算是否到达。在这样的焦虑中，一直熬到2月1日早晨，女儿发来微信，落地了，出关了，到家了。

多少个电话，问长问短，直到女儿和小外孙女在旧金山的家里与她视频了，妻子才放下心来。

　　这晚，让我真正读懂了"儿行千里母担忧"这句古训的含义，也让我见证了一位母亲的深情。

2020-02-04

母亲的笑容

虽然，父亲已去世多年，但是，老母亲坚决不同意住在子女家，就是要坚持在自己家住。几兄妹商量，就遂母亲的愿吧，我们把母亲的生活费用安排好，从老家把最小的堂弟一家接来和老母亲住。堂弟和堂弟媳都30多岁，他们的孩子又能进城读书，又能照顾老母亲。我们几兄妹就轮流去看看母亲，只要母亲健康有问题，都一起上，平时的生活也算是井井有条。

毕竟，老母亲已是年近90岁的高龄老人了，最近半年来，老年痴呆病的症状越来越明显，言语少了，记忆力严重衰退，多数时间连自己子女的名字都叫不上来。但是，只要子女一在她身边，她就高兴，脸上就有笑容。

我们几兄妹都退休了，儿孙的事，家庭的事，身体又小毛病不断，加之国内国外，省内省外，天各一方。一年到头，虽然母亲身边常有子女陪伴，都没断过，但兄妹之间，总是聚少离多，很少齐整过。

今年春节，我女儿因为在国外求学，10年没能回家过年，这次和女婿带着孩子，一家三口从美国回家过年。二弟家祖孙三代，大妹小妹，三弟，全家人四世同堂，近20口人欢聚一堂，陪伴老母亲过春节，母亲好高兴，脸上一直挂着笑容。

年三十夜虽然过了，从年夜饭到初四五的头几天，兄妹们和一大家人，每天都一起陪母亲吃饭，母亲每天都是笑容满面。

春节过后五六天，由大妹负责安排母亲和堂弟一家的生活，我们各回各家。

虽然这个年，几兄妹和母亲的相聚是短暂的，但又是父母把我们养大成人成家后，时间最长的相聚。

就是这几天，让我对"父母在，家就在"这句话有了更深的理解，让我品尝到了亲情的滋味，让我听到了一家人最难忘的欢声笑语，让我看到了母亲最愉悦的笑容。

在这段宅家的日子，母亲的笑容常常在梦中出现，每次醒来时，我发觉我也是在笑的，而且，心中是温润的。突然间脑中冒出唐代大诗人杜甫《春夜喜雨》的诗句："好雨知时节，当春乃发生。随风潜入夜，润物细无声。"

母亲的笑容多像春雨啊，哪怕想到，梦见，心里就是温润的、甜甜的。

2020-02-25

心里的春天

前几天，在家人群里，看到大妹发了一幅从家里的窗户边往外拍的照片。照片中，窗外的樱花开得格外鲜艳诱人，同时，我更看到了大妹对春天的向往。

是啊，我何尝不是如此。

春天来了，那犹如少女般羞答答，含苞欲放的花蕾；那光秃秃的树枝上刚探出绿色小头，露出微微笑脸的嫩芽；那在每个春日阳光下掠过的，不知疲倦地呼唤着"春来了，春来了"的暖暖春风；那在天空自由飞翔，在刚吐出嫩芽的树枝间跳来跳去、叽叽喳喳、嬉笑打闹的小鸟……迷人的大自然用一幅幅诱人的图景，把充满生机、饱含活力、载着希望的春天，严格守时地捧给了这个世界。

往年，每到这个季节，无论在何地，几乎每天我要么远行，要么游览近郊，一定不会宅在家，一定会把自己放到大自然中去，呼吸春的气息，欣赏春的美容，品尝春的味道，接受春的洗礼，收获春的养分……

但是，一场没有硝烟的战斗在全国展开。

虽然室外春意盎然，鲜花绽放，我们却只能在开窗通风时，透过高楼的缝隙，遥望远山若隐若现的淡绿，俯瞰小院中稀疏的花草。为了舒缓心中的烦躁，每天的大多时间，我都会花在读书品茶，上网刷屏，关注问候亲友上。当情绪稍稍稳定，梳理了一下宅在家的感觉，回味这段时间的经历，那一幕幕身边事、家务事，以及众多平平常常、毫不在意的"人情世故"，此时，犹如浓浓的春意充满心间，恰似暖暖的春风拂面而来，他们就是我心里的春天。

"你还好吗？"

"家里人都还好吗？"

"你们那里怎么样？没发现确诊患者吧？"

"尽量别出门了，忍着点，就待在家里吧！"

"祝愿你和家人，平平安安，健健康康！"

……

网络上的朋友圈、家人群、同学群，电话里的这边和那头，在整个抗疫期间，这种真诚而亲切的相互问候和祝福，虽然只是短短的几个字、一句话，但是，几乎每天都有。

待在家里，在这些圈里群里，除了亲切地问好问候，真诚地祝福之外，还有海量的防控常识，保健方法，带着善意，带着友情，在网络的爱河里流淌着。

每次刷屏，或接听电话，心里都是感动。

2020-02-26

网上带娃

婆婆问:"兔妈妈有几个孩子啊?"

"3个。"小孙女认真地答道。

"她们都叫什么名字呀?"

"一个叫红眼睛,一个叫长耳朵,一个叫短尾巴。"

"啊,我们的宝宝真行!全答对啦!"

接下来就是一阵阵笑声和欢呼声,那边和这边都是快乐的。

这是老伴与在美国的3岁小孙女网络视频,讲《小兔乖乖》幼儿故事的互动情景。

在无法见面的日子中,用创新来改变生活,才能让生活丰富多彩,更有意义。

女儿在美国读书工作,成家立业,自从他们结婚生子后,因为我们都退休了,身体都还健康,我和老伴与在杭州的亲家相约,一家半年,到美国帮子女们带娃。一是使我们生活的环境有变化,有内容,有新鲜感,享受天伦之乐;二是也能帮帮子女,让他们有更多精力去工作。

可是,世事难料,女儿一家回国过春节,碰上了疫情,过完春节,匆匆返回美国。

亲情的牵挂,只能借助互联网、网络视频,见面交谈,

婆婆故事开讲了，屏幕上的孙女边听故事，
边根据情节比画着

两三个月下来，渐渐地习以为常。每天忘不了，少不了的，
就是互相与大洋彼岸的亲人视频。

每天上午，国内的 9 点至 12 点，正好是旧金山的下午 6
点至 9 点，这段时间也正是国内的午餐前，旧金山的晚餐后。
于是，这就成了老伴和孙女视频热线的最佳时机。

老伴与小孙女在每天的交流中，越来越亲，祖孙之间，
越来越离不开，只要有一天见不到对方，就想得不得了。

时间一长，女儿女婿发觉，娃娃只要和婆婆在网络视频
聊上天，一两个小时不吵不闹，不黏爸爸妈妈，专心地和婆
婆玩。这两个小时，女儿女婿就可以有集中的时间工作或做
家务。

为了更新内容，培养兴趣，老伴到书店购买了好几本儿童读物，头天就开始备课，准备玩具。第二天上午，一到时间，要么是那边的孙女要见婆婆，要么是这边的婆婆要看孙女，定时定点连通视频。这祖孙俩的视频内容可丰富了，毫不逊色幼儿园：学数数："1、2、3……，one、two、three……"中英文一起来；讲故事：《白雪公主》《卖火柴的小女孩》《丑小鸭》《龟兔赛跑》《小兔乖乖》《小红帽》《花木兰》……中外故事全讲；背诗词和蒙学教材：《春晓》《悯农》《咏鹅》《静夜思》《望庐山瀑布》《会说话的星星》《三字经》《弟子规》……古今幼儿诗词都有。当然，那些两三岁小孩喜欢的唱歌、跳舞、做游戏，都会换着来，内容丰富多彩，小孙女可喜欢啦。

　　在每天的这段时间里，祖孙俩其乐融融，高高兴兴，笑声连连。曾经任过小学教师的老伴，在和孙女玩耍中，仿佛回到了青年时代任教时的课堂上。不但增进了儿孙亲情，陶冶了生活情趣，吸收了生命的动力，从此，通过视频网上带娃，还成了老伴每天不可缺少的生活内容。

　　疫情让我们的日常生活有所改变，但却因这种改变，又创新了生活。

　　网上带娃，在我看来，应该是生活内容的一种创新吧。

2020-04-10

第二辑

乡

愁

年夜饭诉说的乡愁

今天是我们这边的大年初一，也正是西半球的大年三十夜。在旧金山居住的女儿，从早到晚，买菜、做饭、包饺子，一整天地忙活，就为了年三十的夜晚，那个小家有一桌子家乡年夜饭。

看着她发来的照片，让我想起她每次回国，都要尽可能多地品尝儿时的味道，丝娃娃、凉剪粉、米豆腐、烙锅洋芋、臭豆腐、羊肉粉、火腿、香肠、折耳根……她妈妈见她这个馋样，老批评她，是个长不大的孩子。

平时，在美国的家里，她总要挂上一两个中国结和中国红，贴上一两幅中国字画，常常听听中国风特浓的中国歌曲，还买来花盆、泥土，在自家阳台上种了折耳根，冰箱里常备有从国内带去的臭豆豉粑、糟辣椒、水豆豉等调料，隔三岔五，总要做几道家乡菜尝尝。

其实，我早就看出，她的这一切只是表象，她不是腹饥口馋，而是在情感上，对纯真童年的记忆，对故乡、故人长时间思念与牵挂的一种释放。她在异国他乡，过年要营造那种浓浓的年味。平时，家中总要放一点故土的元素，餐桌上总也少不了家乡菜，其真正的原因是，节日要找到那份厚重的仪式感，时时刻刻记忆着那片深情的土地和至亲至爱的亲

都是中国人，一桌年夜饭，他乡遇故知，相聚更相悦

人，用于抚慰那缕深深的乡愁。

　　今天，她虽然带着刚满周岁的孩子很忙很累，又忙活了一整天。但是，当看着自己亲手包的饺子和亲手做的家乡菜，她却很高兴、很快乐。因为，这桌年夜饭就是她要诉说的乡愁。

2018-02-16

又见乡愁

美国是一个典型的移民国家，而旧金山湾区硅谷一带是美国高科技人才的集中地，更是美国信息产业人才的集中地。目前，这里集结着 IBM、甲骨文、谷歌、苹果等大公司，融科学、技术、生产为一体，在这里工作的美国各地和世界各国的科技人员达 100 万以上，美国科学院院士在硅谷任职的就有近千人，获诺贝尔奖的科学家就达 30 多人。这里也是美国青年心驰神往的圣地，也是世界各国留学生的竞技场和淘金场。

正是在这个背景下，很多中国留学生为了心中的梦想，选择来到旧金山，开始人生的奋斗和拼搏，我们的孩子也成了其中的一员。

今年 3 月，又去美国，帮助在那里留学工作的女儿带孩子。在旧金山湾区硅谷一带，像我们一样的这个群体，大家戏称是"研究孙"。因为，中国的计划生育政策，我们这一代人，几乎家家都是独生子女，这些孩子在海外留学工作，结婚成家，生儿育女，就成了双方老人的牵挂。那些在美国出生的孙辈，更是双方老人的牵挂。而且，这些老人绝大部分都已经退休，于是，双方轮流到子女家帮带孩子，便成了这些老人生活中的重要部分。

我们这个群体的集会点就是社区图书馆，这里每天从上午10点至下午5点都开放，藏书丰富多样，里面有中文书籍和报刊专柜，可以看到《人民日报》，还有新加坡和美国华人办的中文书报。图书馆里有近三分之一的面积用于置放儿童读物和供儿童活动的区域，每天有专人给不同年龄段的儿童讲故事，教儿童做游戏。老伴去陪孙儿听故事，做游戏，我们这些老者就去看中文书报，聊天。都是从国内来帮子女带孙儿的老人，因为"业务"相同，聚在一起，就有共同语言，关注的问题也很相近，偶尔也相互传些"八卦"。

虽说是"八卦"，却会传递出感人的真情。

最近，我就被这些老人们在热议两则"八卦"信息时，折射出的真情深深打动了。

先是："中国宣布：海外定居华人将一律注销户籍！"这一信息刚传出，在留学生群体中几乎是炸了锅。多数留学生有恐慌，更有质疑，相互询问："这会是真的吗？我们不想丢掉中国国籍，也不想加入外国国籍，我们是为了梦想学习先进科学知识，感知人类文明，远离家乡留学工作，我们的根在中国，在国外学习工作多年后，再回国工作生活的人越来越多呀。两弹一星元勋们，不是在国外学习，工作很多年，才回国倾其所学，研发出国人为之自豪和骄傲的两弹一星吗？"

但是，仅两天时间，网络上又针对前一则信息，公布了："现阶段上海公安机关对出国定居人员不注销户口。"后面这则信息，又让这些在国外学习和工作的群体，当喜事一样奔走相告。

前后两则"八卦"信息，为什么会使他们如此敏感，先忧后喜，情绪反差如此之大呢？

在异国他乡的华人超市货架上，看到家乡的"贵州茅台酒"，倍感亲切

　　我的脑海里很自然地闪现出这次到美国，在"研究孙"圈子里，听到的另外两件事，或许与他们这种情绪有些关联。

　　我这次是第二年在美国做"研究孙"了，外孙女才一岁半，刚刚进入牙牙学语阶段。来之前，女儿特地交代我们从国内带几本专为幼儿出版的国学经典读物，《三字经》《弟子规》《经典唐诗》《成语故事》等画书。书我们带了，但还是有些不理解，孩子这么小，不注重学好英语，早点适应美国社会环境，还买这么多中文书？这些天，与许多同做"研究孙"的爷爷奶奶，外公外婆一交流，发现许多老人和我们一样，担心小孙子学不好英语，老叫年轻的父母下班回家要和孩子讲英语。而年轻的父母呢，却担心孩子讲不好母语，在家一律要求讲普通话，而且，还告诉双方老人每次从国内来时，都要带几本国学经典幼儿读物给孩子，还要老人每天定时给孩子读国学经典，讲中国故事。他们就是想让自己的孩子，虽然生活在国外，也要在中国文化的熏陶中成长。

许多和我们一样的老人还讲了另一件事，说孩子们每天在学习工作之余，看得最多的是中国电视，浏览最多的是中国网站。最近，中国中央电视台推出了一档叫《经典咏流传》的节目，他们不管多忙，每期必看。记得3月17日那期《经典咏流传》中，台湾老牌音乐人陈彼得深情朗诵诗人艾青的《我爱这土地》。当听到"为什么我的眼里常含泪水，因为我对这土地爱得深沉"时，朗诵者哭了，观看者也哭了，这些旅居海外的孩子们，看到这里，触景生情，更是泪流满面。我想正因为他们心中忘不了，放不下生他们、养他们的那块土地，这诗句就是他们的痛点、泪点。

看到了这群海外游子的赤子之心，思乡之情，他们虽然身居异国他乡，却是一刻也没有忘记自己是中国人。联想到像女儿、女婿这样在美国留学和工作旅居海外的群体，在他们的生活中，除了经受在异国他乡奋斗中艰辛的考验以外，更考验他们的则是，由于对生养他们那片土地的深爱，所产生的无时无刻的思念与牵挂，形成了刻骨铭心的乡愁。

2018-04-05

乡愁是一碗飘香的羊肉粉

　　这次到美国一晃四五个月就过去了。几天前，收到堂妹要来旧金山看望我们的信息，堂妹是叔叔家的三女儿，移民美国已经5年多了，现在定居美国加州洛杉矶，得知我们在旧金山女儿家，特意过来与我们相会。老伴和女儿商量，在家做顿什么样的饭招待堂妹她们呢？

　　女儿提议："家乡人来了，就做家乡味吧。好久没吃水城羊肉粉了，趁三孃（按家里人的常规，女儿对堂妹的称呼）来，爸妈又在，就做一顿水城羊肉粉招待三孃她们吧。"

　　女儿一提只做羊肉粉，我和老伴觉得堂妹好不容易来趟旧金山，我们好些年没见过面，用羊肉粉招待是否太简单了。女儿却说："在异国他乡能吃上正宗的家乡味，比什么大餐都好。但是，你们一定要做得地道哦。"

　　来美国已经快5个月，一提家乡羊肉粉，那香味已经在我脑子里转，口水也不自觉地在嘴里冒。女儿提此建议，我们求之不得，立即响应。

　　于是，女儿女婿就到阿拉伯人开的清真超市买了山羊肉、羊杂、羊脚，我和老伴又从华人超市买了香菜、姜、蒜和青菜，还用从国内带来的酸引子自制了酸菜。

　　所有能在旧金山买到的原材料全部备齐后，星期六一早，我和老伴把羊肉、羊杂、羊脚洗净，放上我们从贵州带来的羊肉粉秘制配料，用文火炖上。在美国的超市买不到鲜米粉，但是，桂林干米粉在华人超市都能买到，我们就按说明煮熟，用凉水泡上备用。

堂妹到来之前，我和老伴开始炼制家乡羊肉粉最关键的一道配料——油辣椒，这也是我们最拿手的厨艺了。

备料：先把大蒜瓣准备好，用菜刀拍碎；然后把整个的干辣椒用剪刀剪成每段拇指般大小，与辣椒籽放在一起；再备上些许家乡带来的辣椒面，花椒粉；当然更少不了油、盐、酱油。

制作：1. 小火温油，油量比炒菜多放；2. 放大蒜在热油中，稍炒片刻，等到浓浓的蒜香味扑鼻即可；3. 放干辣椒段于锅中，与蒜炒至金黄，香辣味浓郁即止；4. 辣椒面、盐、花椒粉、少许酱油和白糖放入锅内，混炒至香气四溢，即关火；5. 余温留锅，不停翻动，别有焦煳味；6. 尚有余热，出锅装碗。至此，贵州水城羊肉粉秘制辣椒油做成待用。

下午，一切准备工作就绪。

6 点左右，堂妹和侄子来到女儿家，她还带来了一位已移民美国 20 多年的贵州毕节老乡，毕节也是羊肉粉发源地之一。既然是毕节人，我想她对羊肉粉的记忆、牵挂一定是很浓很浓的。

不出所料，当堂妹们一行进屋，那扑鼻而来的羊肉香味，立即吸引了她们："哇！好香！这是羊肉味吧？"反应最突出的当数那位毕节老乡了。

这个满屋飘香的羊肉味，引来客人如此强烈的兴趣，营造出如此独特的迎客氛围，让我和老伴感觉到，女儿的策划与定位是如此准确对路。

客人的情绪也带动了我的情绪，我情不自禁地说起这段时间对羊肉粉的思念，又特意介绍了今天做的羊肉粉中从家乡带来的那些配料特点，重点突出了这秘制油辣椒的制作工艺和流程。

我这么一说，加上那扑鼻的羊肉味，还有已经上桌的金黄诱人的辣椒油，以及摆在桌面上的香菜、酸菜等家乡味道十足的佐料，我这个离开家乡四五个月的人都已按捺不住，我想堂妹和那位离开家乡20多年的老乡，岂能忍耐？

聊的又是久违的家乡美食，又已经过了晚餐时间，老伴在旁着急了："大家饿了，快上桌，边吃边聊吧。"

一切早已就绪，全按家乡款式，一人一大碗熟米粉，放上两勺切成薄片的熟羊肉于碗内米粉上，舀两瓢炖了七八个小时的羊肉汤浇上，直到淹没碗中米粉为止。香菜、酸菜、酱油、醋、花椒粉，根据各自口味适量加入，再把两匙金黄、香脆的秘制油辣椒放于碗面，端至客人面前，各自拌匀后，即去闻香，去品尝吧。

堂妹边吃边赞，连声说："美味！美味！"

那位移民美国20多年的贵州老乡更是赞不绝口，虽然辣得满脸通红，额头冒汗，还是把一大碗羊肉粉吃了，连汤也喝了。

看着他们吃得那么高兴、那么享受、那么投入、那么深情，我内心隐隐觉得，他们溢于言表的快乐，已远远超越这碗羊肉粉带给她们的味觉享受，更多的应该是精神层面的吧。

或许，我在唠唠叨叨叙说制作油辣椒的过程时，把他们引回久别的故乡，勾起了他们对往事的美好回忆，把那远逝的少年故事拉到了眼前。

或许，这羊肉粉中的家乡元素，刚好与他们长时间沉淀在心中的那份对家乡的深爱、生发共鸣，释放了对家乡的眷恋、牵挂之情。

或许，这碗羊肉粉已幻化成种植在他们记忆深处的家乡影像：

——是老家老屋后高高耸立的那座山丘；

——是老屋门前"哗哗"流淌的那条小河；

——是儿时常听的那支山歌；

——是流传在故乡的那个动人的爱情故事；

——是梦中常见的那位家乡故人；

……

其实，这碗羊肉粉就是储存在游子心灵深处那浓浓的乡愁，所有思乡的酸甜苦辣，都在里头……

那晚，我们在美国旧金山女儿家里，老老少少，祖孙三代，一帮家乡人，叙着家乡事，品着家乡味道，好惬意哦！

2018-07-26

心里的山啊，梦中的海

　　离开故乡转眼就是半年，正在想家的时候，看到友人发了一组山的照片，好亲切！我反复看了一遍又一遍，故乡那雄奇壮美的山，就像在身边。那崇山峻岭之中，云遮雾罩之处就是生我养我的地方。

大山脚下，云雾深处，就是我生活的地方

我曾经如饥似渴地向往大海，一到大海边，那浪，那风，那浩瀚辽阔，无边无际，就会让我如醉如痴，见一次大海就会有好长时间的兴奋。

这半年来，我就住在旧金山湾区，大海近在咫尺，周末可以和女儿一家找个海滩度假，早晚可以到海边散步，去观赏日出日落。

不知为什么，那种对大海的强烈向往却渐渐地淡去，对故乡那片山的想念却越来越浓了。

也许是大山那沉稳、凝重的基因牢牢地植入了我的机体，嵌入了我的灵魂，或许是年岁大了，性格像山一样稳定、凝重起来。那海虽然令人向往，但是，像梦幻一样，这山却是深深镌刻在我的生命里的。

我要回大山深处去的心情陡然间急迫起来，几天前，我专门去了大海边，凝视着太平洋对面的故乡，意识里恍恍惚惚在呼唤："我是大山的儿子！我要回去！"

那山才是我魂牵梦绕的地方！

于是，这些天，脑海中总是浮现，滚动着遥远的那片大山……

这山的褶皱，衬着那云遮雾罩，若隐若现，峰峦叠嶂，起起伏伏的远山，把云贵高原，乌蒙山区的磅礴、久远、沧桑、厚重描绘得淋漓尽致、出神入化。

离别是一首歌

我离开家乡，飞越太平洋，去到万里之外的美国旧金山，一住半年，在我 60 多年生命的历程中，这是我离开故乡距离最远，时间最长的一次远行。

一周前我回来了。

在回到生我养我的这块土地的一周时间里，就因为这次漫长而遥远的离别，我品味到了一种前所未有的亲切感。

尝尝天上落下的那粒雨滴，是甜的；看看头上飘来的那片白云，是美的；想想即将见到的那个人，是亲的；闻闻路边的那朵小花，是香的；听听人群中的那些乡音，更是美妙的……好多以前司空见惯的，无论是人、是物、是景，好像什么都是新鲜的、亲切的、诱人的。

这时，我才真正体会到"人有悲欢离合，月有阴晴圆缺，此事古难全。但愿人长久，千里共婵娟"的意境，也对离别和离别后的相聚，那深厚的美学价值有了新的领悟。

离别空间的遥远，给人的情感世界营造出的那种思念、牵挂、记忆、向往、希望等情愫，使人的情感精彩纷呈，起伏跌宕。

这些情愫，能呼唤你去热爱生活，珍爱生命；

这些情愫，能激活人的身体机能，增强活力；

这些情愫，能丰富情感世界，充实生活内容。

人生就是这样，离别和相聚就像一首歌，其中的来来去去，离离聚聚，就是歌曲里那起起伏伏、高高低低的旋律。我们就在一次次的离别中回味着过往，在一次次相聚里享受着人生。

2018-09-21

故乡远去　乡愁更浓

我的这个国庆节过得快乐又忧伤。

小弟 1994 年离开故乡，远隔重洋，留学美国。毕业后，孤身一人在异国他乡打拼 20 余年，事业上小有成就，生活上购房、买车、结婚、生儿育女，一双儿女不但乖巧，读书也还长进，可谓幸福一家，安居乐业。

这个假期，小弟带着妻子和在美国出生、读书的儿女来老家看望 86 岁的老母亲。也许是在海外的时间久了，沉淀的乡愁情结深了，想家的心切了，他在未出发之前就告诉我们，要利用国庆长假这几天时间，去一趟老家盘县，想看看故乡那些常常在梦里出现的地方。

——去世 5 年的老父亲坟前，磕头上香，追思怀念；

——看看童年住过的老宅，特别想知道家门前那个小院变成了什么样；

——到读中学的母校，想象着校园中那几棵百年吊杉树，长高多少了；

——逛逛盘县老县城，上学时，他常走的那条石板街还是那样吗；

——吃一吃家乡的地道小吃，是否还是那让人一辈子也忘不了的味道；

——逛逛古县城中，那条幽深的小巷，或许能碰到一直怀念的那位同学。

……

花了大半天时间，这些地方都去了，他努力地把眼前看到的现实和记忆中的故乡比较。这几十年来，无序的开发，不规范的规划设计，钢筋混凝土把老县城古香古色的风格挤兑，甚至淹没得无影无踪。有些地方依稀可见残垣断壁，隐隐约约的古城痕迹也似像非像、若有若无。故乡已经面目全非，故乡已经远去。于是，他封存在心中的那些对故乡的思念、向往、牵挂，陡然间变成了迷茫、失落、伤感。

虽然，一家人与分离了好长时间的兄弟姊妹相聚在老母亲身旁，享受着很难得的天伦之乐，但现实把小弟那深埋心底的浓浓乡愁催化成了痛痛的伤感，强烈地影响了我，打动了我。当想到小弟苦苦寻找的，那失落了的，再也找不回的，只能留在梦里的故乡的美丽时，那沉甸甸的忧伤，重重地撞进了我的心头。

2018-10-10

"年俗""年味" 与生命同在

每年，从临近春节的前半月开始，在我们生活的这块土地上，千家万户，芸芸众生，就开始忙碌起来，转动起来。

不怕千山万水，奔波千里万里，要的就是阖家团圆；

写春联，贴"对子"，挂灯笼，为的是喜气洋洋、大吉大利、红红火火；

备年货，红酒、白酒、葡萄酒，鸡鸭鱼肉样样有，为的是那餐丰盛喜庆的年夜饭。

还有——

亲朋好友拜年，送礼中的你来我往，你送我、我送你的一波又一波红包，烟、酒、茶等礼尚往来；

烟雾弥漫，响声震地，满天飞舞的烟花爆竹；

你请我吃，我请你吃的春客宴席。

……

这些五花八门的"年俗"，为的是烘托营造出那充满人情味的，地方区域特色突出的浓浓年味。

几十年来，在这个氛围的熏陶、感染、带动下，我都积极主动地参加到营造年味的队伍中去。

近些年来，随着年龄增长，经历每年的春节过后，有时我会感到很累，很疲惫，并时时生出想躲避的念头。

这中国红，中式祝福，送去的是中国文化的元素，是长辈们的期望，别忘了我们是中国人！

　　但是，那些植于骨子里，沉淀在灵魂中的习俗，其吸附能力的顽固，远远超过了人的理性向往。

　　前年，我去美国旧金山女儿家待了半年，正值春节期间，那时我想："今年的春节可轻松些，清静些了吧。"

　　但是，到头来却是事与愿违。

　　临近春节的前一周，我就不由自主地向老伴和女儿提出，要到华人超市去备年货；

　　年三十的前两天，越洋电话停不下来，一会儿问老母亲身体怎样，一会儿问弟弟妹妹们是否都会去陪母亲过年，一会儿又问准备了哪些年货，年夜饭做几个菜。止不住地问啊；

国内的年三十是美国的二十九，在女儿住处周围多是美国人，没有一点年味，我鬼使神差，不管女婿忙还是不忙，一定要他驾车一个多小时，到旧金山唐人街，去感受那里的年味；

国内春节那天，家里人吃年夜饭时，是旧金山凌晨两点多钟，我从床上起来，打开手机视频，一定要看老母亲和兄弟姊妹们吃年夜饭，也要看春节联欢晚会；

除夕夜，虽然身在万里之外的旧金山女儿家，我们忙乎一天，也做了一桌完完全全家乡味的年夜饭。一小家人吃着年夜饭，互祝春节快乐，与家乡的春节往事干杯，虽在异国他乡，却也充满了浓浓的中国春节"年味"；

……

其实啊，这年味就意味着对祖国的热爱，对家乡的眷恋，对亲人的牵挂。

由此看来，有些"俗"是不能脱，也脱不掉的。

无论我走到哪里，只要生命存在，这家乡的年味，已经植入我的灵魂，是我生命的组成部分。有生之年，每逢春节，我一定会积极去营造这份年味。

2019-02-06

我想去大华逛逛

真是"物以类聚，人以群分"呀，在美国期间，每天进"华人俱乐部""龙的传人"等社区华人微信群，看看中国大妈大爷们的动向，聊聊天，几乎成了在美期间的"标配"和必需。

有一天，大妈大爷们在群中相约，步行去大华超市，仅在路上的时间，来回都得两三个小时。平时去大华，我和老伴都是自己开车去，这次步行去，一路上能和中国大妈大爷们边走边聊，又是去大华，当然是件快事。但是，那天因要接送小外孙女，时间不对，我们没能参加，心里还留下几分遗憾呢。

这样一件小事，怎么会在我们心中留下遗憾呢？或许有人不理解。其实，凡在美国待过一段时间的华人，都会有同样的感觉，离乡愈久，思乡之情愈浓。去华人超市，能用普通话交流，而且，那里面中国各地土特产都能买到，常去华人超市一边购物，一边获得一种对思乡情结的慰藉，也是另样的一种享受。发源于加州，位列全美连锁超市20强的"99大华超市"，因里面有很多在美国其他超市买不到的中国食品，所以，也就成了华人们在众多购物超市中的首选。

我们住地附近福斯特城的这家大华超市，离家只有10多分钟车程，每周我都要去一至两次。开始去纯粹是为了购日常必需的蔬菜食品，后来离开家乡的时间长了，哪怕什么也不买，都想去逛一逛。

徜徉在超市内，会收获很多好心情。

看看货架上那些来自家乡的中国特色食品，一种发自内心的亲切感油然而生；

与那些长着中国脸，说中国话的超市营业员聊上几句，那种莫名的亲近感，不知不觉地给心情增添了许多愉悦；

在众多的中国产品中，看到家乡品牌茅台酒、老干妈风味豆豉辣酱、山东拉面、桂林米粉等，就会喜形于色。买或不买，都会走近它，多看几眼；

超市里，无处不在的中国文字，怎么看都顺眼，每次看到它都感到亲切；

超市出口处，收银台旁，悬挂着的"欢迎使用支付宝、微信支付"，更是使人惊奇，激动中还会生出几分自豪。

……

这些浓浓的家乡元素，营造出深深的思乡情结。去一趟大华，好似去探亲，每去亲近一次，都是对乡愁的一次缓解、释放、宣泄、抚慰。

如果你在异国他乡待久了，我想也会有同样的感受吧！

2018-04-05

品读旧金山中国城

在旧金山，不论在那里住的时间长还是短，每次去，我都有一种强烈的渴望，想到旧金山中国城去逛一逛。因为，那是一座精神富矿，是一本读不完的百科全书。每次去都会有收获，都会获得我需要的正能量。

这个周末，我与老伴和女儿一家，又去了旧金山唐人街。

在这片小天地里，无论是在店铺里，还是在居民小区，看着那些黄皮肤、黑眼睛的华人，无论是长者，还是年轻的后生，我都会想起140年前，有一帮中国人远渡重洋来到美国加州修筑太平洋铁路和淘金。他们满怀悲情，历经磨难，世世代代，子子孙孙，生生不息，不屈不挠，奋力拼搏，硬生生地在异国他乡挤出一片天地，形成10万之众，占有16条街道，建成了在亚洲以外最大的华人聚居区——旧金山中国城。在这里，每张华侨华人的面孔，和这张面孔所沉淀的那些故事，就会在我的眼前浮现。他们身上那种顽强的意志力，令我感动之余，还会给我注入一种力量，这种力量会让我勇敢地面对生活中的艰难困苦，会让我更热爱生活。

在这片小天地里，街道两旁排列着具有独特中国传统风格的建筑；店铺门头上的招牌和广告，用的是中国文字，店铺里的商品，绝大多数是中国特产；这里居住的华人都讲中国话；街道上，遍布各具特色的中国餐馆；穿行于中国城的街道上，宛如是在中国的某个城市里逛大街。

在这里，处处可见海外华侨华人对中国传统文化的坚守。从博大精深的中华文化中，我真正找到了那种特有的文化自信！

在这片小天地里，当我看到街边楼房上那高高飘扬着的五星红旗，还有那个白色的"海外抗日战争纪念馆"，海外华侨华人心系祖国，情恋故乡的许多感人故事就会涌上心头。抗日战争时期，这里华人的抗日募捐活动；1949年，旧金山华侨华人在这里举行的庆祝中华人民共和国成立大会；当祖国遭受地震、洪涝等重大自然灾害时，旧金山中国城华侨华人的慷慨捐款；改革开放以来，旧金山华侨华人回国投资兴办企业等。

在这里，我时时感受到海外华侨华人与祖国同呼吸共命运的赤子之心。

……

当然，旧金山中国城，这座精神富矿的矿藏资源很丰富、很博大，要去开采，去收获，还需不断地思索、品读、发掘、咀嚼、吸收。

2019-08-20

家常菜承载着那浓浓的乡愁

家常菜原本只是平常的生活习惯，生命过程中的生理需求，完全是纯物质化的事物。但是，因为岁月的沧桑，历史的沉淀，游子的远行等，平平常常的家常菜，家乡味就会幻化成文化的，非物质的，或者说，其中非物质性的内涵就能极度放大。于是，舌尖上有了历史，有了诗意，有了记忆，有了情感。

特别是从小到大，母亲天天做，我们天天吃的家常菜，更是人的一生中挥之不去的记忆，抹之不掉的温馨，忘之不了的幸福。当我们离开家乡和亲人，远行漂泊之时，一道很平常的家常菜就成了情感的载体，承载了游子对亲人的牵挂，对家乡的思念，对儿时的记忆。

时间越长，这种情感越深。

这次来旧金山，在女儿家居住半年的日子里，女儿的表现让我的感受更强。

女儿隔三岔五总是跟她妈妈念叨："我想吃辣子鸡、豆豉火锅、红烧肉、酸菜拌折耳根、青椒土豆丝、水城羊肉粉……"

讲了一大堆家常菜和小吃之后，还强调特别想吃家乡小吃"丝娃娃"。

10多样小菜，佐料，一张薄薄的米皮，这是令人
食之难忘的家乡名小吃"丝娃娃"

"丝娃娃"是我们家乡的一道名小吃，是用大米和水磨成
米浆，摊成一个个手掌大小的薄薄米皮，再用它来把泡制好
的土豆丝、萝卜丝、香菜、酸菜丝、折耳根、油辣椒、西红
柿酱、酱油、醋等10多种小菜和调料，根据自己的喜好，一
样一点点，包进米皮里，一口一个。两人对坐，或多人相约，
或家人团聚，一边包，一边吃，一边聊，其乐融融。

8月下旬，我们即将回国前，她和她妈妈满心欢喜地到
华人超市购买原材料，努力、尽情地做了一次几乎与家乡特
色一个样的"丝娃娃"，一家人共同品尝。

女儿在异国他乡吃妈妈做的"丝娃娃"，那番滋味啊，真
令我难忘。

看着女儿边包边吃，享受妈妈的味道时，那种如饥似渴的吃相，好似回到了故乡，回到了儿时。

每吃一个"丝娃娃"，脸上露出的那种发自内心的快意，那种满足和幸福，我仿佛看到了女儿小时候那张天真烂漫、清纯可爱的笑脸，更加觉得女儿仿佛不是在吃一种美食，而是在聆听一个遥远而美好的童年故事，满脑子都是那些故事的画面。

难道是常在梦中出现的家乡山山水水奔到了她的眼前？难道是那些儿时伙伴、亲近闺蜜，又一起到当年常去的那家小吃店，吃着最爱的"丝娃娃"？

难道是每年过春节，那一桌令人馋涎欲滴的年夜饭？

……

在美国的这段日子里，妻子和我几乎每天都要变着花样做女儿想吃的家常菜给他们吃。

每次只要有地道的家常菜上桌，都会不同程度地看到女儿同样的表情。

每次女儿在品母亲做的家常菜，我都在品女儿情感世界的那股子家乡味。

妻子在应女儿要求做家常菜时，总会像唠叨小孩子一样："这个馋猫啊，只要是儿时爱吃的，在这里样样都想吃。"

可是，我看到的却是女儿对妈妈的依恋，对亲人的牵挂，对儿时生活的记忆、对家乡的热爱，而其中所有情感的归结，应该是女儿内心深处那浓浓的乡愁！

2019-09-09

我还会远行，但我一定要回家

去美国的旧金山，在女儿家帮着照看小外孙女，一待半年。9月回到家，就急急忙忙找房、买房、装房，把原来的步梯楼换成电梯房，把原来160多平方米的大房，换成100平方米的小房。

好些老朋友、老同事感到不解，问我："你这把年纪了，好多老人退休后，要么去海南，要么去一二线城市购房养老，要么随子女移居，而你的女儿在国外，多数时间在外面，为什么还要在这里买房子？"

为此，我还真有过长长的纠结，也经过激烈地思想斗争，既然朋友们问到，我就把想法和盘托出吧。

人这一辈子啊，真有意思，虽然快到古稀之年了，真不愿承认老了，也不愿说自己是老人。但是，却会自然滋生出一些年轻人没有的习惯，特别爱去想那过去岁月里经历的事和走过的路，想着想着，就会多了许多惦念、牵挂、不舍。

退休后的这些年，我就挣扎纠结在这样的思绪中。

在子女教育方面，我极力赞成放飞孩子，鼓励孩子要志存高远，能飞多高就飞多高，能走多远就走多远。女儿不负所望，考研拿全额奖学金出国留学，漂洋过海，远隔千山万水，一去10多年，结婚生子，成家立业。我们退休了，有时间了，自由了，也想孩子了，同时，也是在有能力的时候帮帮孩子。因此，和亲家约定，一家半年，去美国带孙儿，这样既享受了人生的天伦之乐，又感受了异国风情，但是，时间一长，离家又远，那种"独在异乡为异客，每逢佳节倍思亲"的煎熬，却深深地折磨着我。

既然退休了，忙碌奔波了一辈子，该轻松地享受生活的美好了，也曾经汇入过退休族候鸟式生活的庞大队伍，在另一个城市购房安家，享受那里生活的便利，环境的优美，社会资源的丰富。但也因客居他乡，在一种无根无源的漂泊感中忧伤着。

过去由于工作、公务缠身，囿于单位，难得离开蜗居几十年之地。如今，"世界这么大，我想去看看"，也参团或自驾，国内国外游了不少地方，也增长了不少见识，添了不少乐趣。但心里却像放飞的风筝一样，有一根线，牢牢地连接着生我养我的这片土地，牢牢地拴在生活在这块土地上的亲人、朋友、同学、同事身上。因此，那融入血液，植于骨子的思念和牵挂，沉甸甸地在灵魂中驻扎着。

这些年，每当离开这块土地，每当与相处了数十年的亲朋好友相别，哪怕只是数月时间，心中的那份惦念、牵挂、不舍，夹裹着往昔的故事，就会形成一幅幅鲜活的画面，萦绕脑际，勾魂摄魄。

——盘县（现为盘州市）老城中，建于明朝洪武年间的老城墙，城门洞下被几代人踩踏得圆润发光的石阶，沉淀了这块土地的沧桑，也记忆着我儿时的快乐；

——已经是贵州最美大学校园的母校（六盘水师范学院）里，那汪静静的湖水，还有那绕湖而建的教学楼、体育馆、图书馆，湖边那一丛丛盛开的芦苇花，那片迷人的银杏林，

　　一年一度的"六盘水国际马拉松赛"，使凉都的
整个夏天都沸腾起来

以及那穿行于校园中的条条小路，哪怕独自一人去校园里逛逛，耳畔尽闻当年男女同学的欢声笑语，眼中全映着往昔清纯亮丽的画面，因为，这里是存放我们青春的库房；

——从老家通往老县城的小路边，春天桃花盛开时，把那个小山村打扮得分外迷人，村旁就是建设中的城市绿地湿地公园，爸爸就长眠于此。每年的清明节，来到爸爸坟前，点上纸烛，跪伏于地，在父爱呵护下的童年时光就回到心中，我们瞬间成了无忧无虑、幸福快乐的孩子；

——年近九旬的老母亲，出不了门，时时盼着孩子们热热闹闹地聚在她的身旁。母亲在哪里，家就在哪里，妈妈把我们养大，我们就应该陪她变老；

——盘县辣子鸡、水城羊肉粉、凉都烙锅洋芋、六枝砂锅凉粉、堕却乡清水鱼、老城臭豆腐、苗家酸菜烩豆米……这些伴着我成长的家乡美食，儿时的味道、妈妈的味道、家乡的味道全在里面，融化在血液里，沉淀在灵魂中，永远也尝不够，永远也忘不了；

……

往事并不如烟啊，梦萦魂绕，历历在目，一幕幕仿佛就在眼前。这是我深爱的土地，这是我的根，这是我的家，这是我的归宿！

于是，我就在我深爱的这个地方，买房安度晚年。

当然，在我有生之年，能动之时，我还会远行，但我一定要回家！

家乡的春、夏、秋、冬，是刻在我心里的仙境，是我梦中神游的地方。

2019-11-30

野菜情思

自从父亲去世后，母亲已经失忆一年多了，自己的子女、亲人都不认识，语言也有障碍，行动、吃饭、喝水等自理能力也渐渐丧失，过去的一切都记不得了。我每次去妈妈那里，看着妈妈，心里都有一种难以言状的滋味。妈妈给了我生命，还给了我生存的性格和本领，养育之恩如海似洋。我们兄妹只能尽其所能地安排好妈妈的晚年生活，尽量延长她的寿命，让我们多看她一些时日。我们就从农村把30多岁的堂弟和他的妻子孩子，一家三口接进城，和妈妈住在一起，一边孩子可在城里读书，一边年轻的堂弟也可照顾妈妈。我们兄妹几家人以妈妈为纽带，几乎天天相聚，除了享受浓郁的血缘亲情外，堂弟和堂弟媳还常常带来一些家乡土特产，还做得一手纯正的家乡家常菜。这让我们在陪伴妈妈的同时，又能品尝到美妙的家乡味，真是其乐融融呀！

临近春节，老家有吃杀猪饭的习俗。现在，农村生活越来越富裕了，几乎家家都要杀猪过年，一家杀两三头猪的多的是。我们老家寨子里基本上都姓高，每逢这段时日，今天你请我，明天我请你，好不热闹！前几天，堂弟回老家吃杀猪饭，带回了腊肉、香肠、血豆腐等好多家乡年货，还特地带来了一大包野菜，其中，有我熟悉又爱吃的蒂蒂菜、蒿蒿

蒲公英

菜、藤藤菜、狗牙菜等野菜。堂弟用这些野菜尽情施展厨艺，炒的、煮的，荤的、素的，全是地道家乡味。在享受这些带着浓浓家乡味的美味佳肴时，那些久远的有关野菜的往事就会涌泉般地浮现在眼前。

今天的野菜，又把我带进了当年妈妈教会我识别野菜、采摘野菜、食用野菜的回忆之中，我又一次深深领悟了母亲的恩情。

至今，我能认识数十种野菜，只要到野外，一年四季，我总会找到可食用的野菜。这手绝活，就是从妈妈那里学来的。

那是1960年夏天，正值困难时期，又逢苏联撤走专家，断了援助，粮食短缺，物质匮乏，全国实行定量供应。大人定量28市斤，小孩定量10多市斤，苞谷、大米各一半，糖、烟、酒、肉、食用油等全凭证票定量供应，每天都吃不饱饭。

于是，妈妈就领着我和弟妹们到山间、田坎、地头、河埂上采摘野菜，拿回家后，变着花样做。有些掺和在饭里，有些做成菜，有些做成粑粑、饼饼，记不清吃了几个月，终于熬过了那段最困难的时期。

从那时起，这些野菜的生长环境、季节，形状、味道，全都深深地刻在了我的心灵里、生命里。

现在，时代进步了，人们的生活物质丰富了。过去野菜是用以度过困难，作为粮食不够的补充，是穷人的专利，现在变成了保健、养生食品，大餐正宴都用上了，而且，野生也难找了，人工栽培的多了。

我偶尔从野外采摘些真正的野菜回来做给家人吃，家人都连连称赞："这个真香！这个真香！"

每逢这种情形，我都有一种愉悦感。

于是，我就养成了采摘野菜的兴趣、习惯，甚至是嗜好。

就妈妈教我采摘野菜这件事情而言，我的收获远远不止是认识、采摘、烹饪、食用几十种野菜。更多的、更重要的是，妈妈从小在我的心灵里种下了一颗热爱生活、热爱生命、坚韧不拔，顽强敢拼的种子。

因此，我对野菜的钟情钟爱，更多更深的是我精神的需求，它是滋润我生命的源泉。

虽然，妈妈没有读过一天书，但妈妈本身就是一本书，这辈子我都在读她，所学都刻进了我的灵魂里，而且受益一生。

我感恩妈妈，她不但给了我生命，还给了我灵魂！

2022-01-20

来自远方的"中国心"

今年国庆节，我快乐愉悦、激动兴奋的心情，比往年都延续得久。

原因就是 5 岁的小外孙女在大洋彼岸，从美国旧金山通过视频传给我的那张小小纸片，纸片上是她亲手画的一个小桃心，桃心中写着"中国"两个字。那桃心和字虽然歪歪斜斜，显得特别稚嫩，但是，于我而言，每看一眼，都会感到温馨畅爽。

国庆节过去半月了，线上线下，丰富多彩的庆祝活动，那些歌颂祖国强盛、人民幸福的音乐、歌曲、故事，以及各种类型的展览，好多精彩的画面已经化为记忆，并存放在我的精神库房里。奇怪的是，自从看到这小纸片的那天起，白天稍有闲暇，我就刷手机细看，夜晚从梦中醒来，也常常打开聊天窗口翻看。无论白天黑夜，只要看到这个画面，我就会情不自禁地笑起来，心中就会涌出一股令我愉悦不止的暖流。

看着这个小小的桃心，引燃我抑制不住的联想，女儿女婿在小外孙女的成长过程中，所做的一件件往事，又自然而清晰地浮现在我的眼前。

——当小外孙女牙牙学语时，他们教的全是中国话，而且，除了普通话还常常教些家乡话。每当小外孙女把某句家乡话用奶声奶气的童音说出来时，那种愉悦心情，像是从全家人的心底透出，欢快喜悦的气氛弥漫整个家庭；

——到3岁上幼儿园了，他们为孩子选择的是华人办的幼儿园，玩游戏、讲故事、唱儿歌，从语言到生活方式，礼仪等，全是中国这一套。每天，从幼儿园接孩子回家的路上，孩子要么唱刚学会的中国儿歌，要么争着讲老师当天教的幼儿故事，这些歌曲和故事，恰好是女儿女婿小时候常唱常讲的。此时此刻，他们仿佛享受到了儿时的快乐，又好似回到了久别的故乡；

——孩子5岁了，到了该上学前班的时候，女儿女婿毫不犹豫把孩子送进中国人办的中英文双语学前班。我问女儿："怎么在英语国家上中国人办的学前班？"女儿说："在美国，孩子不愁学不好英文，只担心学不好中文，我们要让她从小学好母语。我们虽在异国他乡打拼，但我们有国有家有亲人，你们会常来，我们和孩子也会常回去。孩子要和爷爷奶奶、外公外婆，以及国内的亲戚朋友交流，不学好母语怎么能行呢？"女儿坚定的态度中承载着浓浓的家国情怀，轻言细语里聚集着牵肠挂肚的血脉亲情；

——每次在视频里，都会看到小外孙女房间的书架上整齐地摆放着《三字经》《百家姓》《弟子规》《经典唐诗》《西游记故事》《中国神话故事》等中文经典古籍新编的儿童读物。孩子好多次在和外婆视频时，都会从书架上取下那些书来，要么大声读《三字经》《弟子规》，要么翻着《西游记故事》，指手画脚，绘声绘色地讲《红孩儿》的故事。此情此景，女儿可能会从中品尝到一种成就感，我们获得的却是幸福的天伦之乐。

......

这个国庆节，这张来自远方，画着"中国心"的小小纸片，使我的情感跳出了血缘家庭，亲情间天伦之乐的小圈子，把我对精神的诉求、向往、希望，推升到一个崭新的高地，升华了我对幸福感的认知。我隐隐约约地感觉到，女儿女婿要把中国文化的种子植于他们孩子的灵魂，让孩子记住我们永远是中国人！我还看到了女儿女婿，以及他们的孩子，对故乡的热爱、对亲人的牵挂已经变成了对传承和传播中华文化的自觉！

我高兴，我欣慰，我收到了来自远方的"中国心"。

2021-10-12

走吧，走出城市，回归自然

今年的"5·1"节，又是一个小长假，借着假期高速公路不收费，几个还在上班的朋友放假又有空闲时间，于是，我们相约去盘州市两河镇的亮山村，看望一位40多年前和我同在一个工厂一个车间一个班组上过班的老友。

这位老友，10多年前退休，告老还乡。三个儿女一个大学硕士研究生毕业，一个大学本科毕业，一个走市场做生意，都在城市生活、工作。城市的交通、医疗等公共资源丰富，生活的便利是这个小山村无法可比的。但是，二老不愿在城里，偏要回老家，在这个远离城市的偏远小山村住下来。他们为什么离开城市，在这里定居？10多年来，这个问题萦绕我心，一直是个谜。我数次打主意，欲去看望隐居山村的老友，以解开埋在心中多年的这个谜，但总有这样和那样的原因都未能成行。

这位老友的侄子，在市里开有一家知名律师事务所，由于多年来我们在工作上常有联系，彼此也就成了好朋友，他也熟知我与他叔叔的这层关系。今年"5·1"节的前几天，得知假期他要回老家，我就与他约定，邀几位同事一块儿去亮山村看他叔叔，他欣然答应。

5月2日，天气晴朗，春风拂面，沿着水盘高速公路，

　　驱车约百公里，辗转至 G60 高速两河站，下了高速，车行数公里通村水泥路，来到老友老家两河镇亮山村。

　　在村子边上的山垭口，站在高处看，除了村口那几栋房子和一两个小卖部门面，多数民居都掩映在高大茂密的树林中。村村通的水泥小路，蜿蜒穿行于村子里的山坡和树林，均可直达林间的各户农家小院。在车载导航仪的指引下，汽车缓慢地行驶在小路上，打开车窗，山风带来的空气，像过滤了一样清新。刚够一辆车行驶的小路两旁，各种不知名的山花，散发着淡淡的诱人香味，蓝天白云下，阵阵清风把林中悦耳的鸟鸣声轻轻地送入耳中，舒爽愉悦之极。

　　爬上亮山半腰，车子直接停进老友家院子里。第一次来到老友家，又听了这么多年的"乡间别墅""世外桃源"之类的传说，好奇心驱使，刚下车与老友寒暄几句之后，就急不可耐地要他带着到房前屋后转。院子不大，三四台车就停满了，房屋也不大，两层，约 200 多平方米，房前那一排由梨树、枇杷树、李子树、杏子树组成的树林。左右两侧和屋后，除了一片菜地，还有供小型养殖用的鸡舍和猪圈。当地农户在政府指导下，种植的成片的经济林，浓郁的林木把这个独家独院的小屋包裹得严严实实。只有那条顺着山坡而修建，被雨水冲刷得一尘不染的村村通水泥小路，像一条彩带，又像一条特意从小院伸出的连接外部世界的通道。这里听不到汽车轰鸣，人声鼎沸，没有半点儿城市的喧嚣，只有山野的清风，林中的鸟鸣，恬静的田园气息扑面而来。在这里，我真正感受到了"云淡风轻，岁月静好"的意境。

　　在老友的房前屋后转了一阵，老友的老伴已把茶泡好，刚想在小院中坐下，平息一下眼前这一切给思绪带来的冲击，静静地享受一下美丽乡村的静好。这时，老友侄儿把与他同村，也是我们多年的老熟人、老朋友请了过来。在愉快的聊天之中，得知老友的侄子和这位还在现任领导岗位上的朋友，也在这个村子里，翻新了父辈的老宅，建了自己的房子。盛情难却，我沿着那条穿行于亮山村的小路，分别参观了老友侄子和那位朋友新建的乡村住宅，它们都像老友的住宅一样，坐落在浓郁的树林中，房屋周边的果园菜地品种多样，一片浓浓的田园风光，诱人万分，丝毫不亚于我那位老友的"乡间别墅"。他们的共同想法都是：退休之前，节假日回乡小憩，退休之后，回归故里，享受自然。

我这两位朋友，一位在全国获过奖，在全省小有名气，是市内大名鼎鼎的律师，他还领导着一个有数十名律师的律师事务所；另一位是在党政机关担任过数个要职，而今还是身居领导职务的官员。他们和我那位老友，同是从一个村走进城市几十年，在城市里工作都有所成就，并且，都已经安家落户，生儿育女，生活稳定，为什么又会不约而同地回乡建屋定居呢？

虽然这次探望老友，与老友叙旧情、沐山风、品土味，其乐融融，但是在我心里，这个问题却让我的思绪翻滚起来。

在我们所处的这个时代里，我们赖以生存的地球，我们生活的国家，我们居住的环境，城市化进程正以惊人的速度推进。密如蛛网的高速公路上，多如蝼蚁般的汽车来来往往；新建的一条又一条高速铁路上，一列列高速列车风驰电掣；在钢筋混凝土堆砌起来的一块又一块城市森林中，车水马龙，人来人往；尾气、雾霾、沙尘、拥挤、喧嚣，已经是很多大城市的"标配"。

虽然，时代前进了，社会进步了，生活方便了，在享受丰富的物质财富、便捷高效的现代化生活的同时，我强烈地感觉到人与大自然的距离渐行渐远！

也正因为如此，与大自然的接触、亲近、融入，就成了人们生活中的稀缺，更是人的精神家园、情感世界的向往、渴求。一旦有机会，就想离开都市的喧嚣和嘈杂，投入大自然，融入大自然，去接收大自然的滋润，领悟生态之美、自然之美。

因为，我钟爱大自然，总是努力地寻找机会把自己投进大自然的美景中去，这数十年间，我曾经在西双版纳热带

在通往老友乡村之家的路旁

123

雨林品读过那种粗犷的原始野性；在青藏高原雪域领略了那份神圣的纯洁宁静；在太平洋中央的夏威夷岛感受过茫茫大海的辽阔浩瀚；在大洋彼岸的黄石公园见证了地球的神奇壮美……但是，所有的感受，都没有这次乡村游给我带来这样深的触动，更特别的是，除了引起我深入的思考外，还有那份像清泉般在情感里流淌着的亲切和温馨。

从我的老友，以及他的侄子，和那位即将从领导岗位上退下来的朋友身上，我仿佛看到了，由于城市化的快速发展，所派生出的由"城市恐惧症"转化出来的"自然饥渴症"。对大自然的爱恋、渴望、向往，绝对是我们这一代人的心灵诉求和情感需要！因此，他们选择在退休之后，离开城市，告老还乡，回归故里，融入自然。

其实，我的内心又何尝不向往和羡慕他们呢？

于是，只要有机会、有时间，一个声音就在我心头呼唤："走啊，走吧，走出城市，回归自然！"

2021-05-10

相思，相思，最相思！

——一位老父亲写给客居海外女儿的一封信

琛儿：

清明节来临的这些天，你微信告诉妈妈，特别想吃家乡的小吃"丝娃娃"，要求寄家乡的酸汤底料、辣椒面、油辣椒、干豆豉、水豆豉等只有家乡才有的原材料，还要妈妈把做"丝娃娃"的工序写成文字传给你，你一定要自己动手做。

这个时候，你提这样的要求，我们知道你是想家了！你是想在制作家乡小吃的过程中，品尝乡情亲情，缓解漫漫乡愁。

我和你妈嘀咕：我们这个城市卖小吃的店这么多，到哪家去购买，最有代表性的是哪家呢？

于是，急匆匆地，我和你妈第二天，就在离我们家很近的万达广场旁，凉都印象城的美食街找到了这家店，找到了这个人。

这个店名叫"醉香丝"，这个人叫马雯。刚看"醉香丝"这个店名，我认为其意思只不过是告诉客人，这店里的某个小吃很出名，很香，很好吃。当我去到"醉香丝"小吃店前，见到进门处挂有一古朴牌匾，上面刻着"外婆的手艺、妈妈的味道、儿时的记忆"三行字，特别醒目。再一了解马雯开小吃店的由头，我顿时肃然起敬，仿佛看到她的情感世界与你有某些相似之处。

马雯从小就吃着外婆和妈妈做的小吃长大，妈妈的味道伴着她成长，成家后，把外婆接到她家已经7年了。现在，外婆92岁，还很健朗，还常会点拨她做些小吃。渐渐地，外婆的手艺，妈妈的味道成了她生活的必需，自己动手做小吃也自然成了她不可缺少的习惯。

14年前，这个年轻的女孩子把传承外婆的手艺，传播妈妈的味道，弘扬贵州小吃作为人生奋斗目标，开始创业。从省会贵阳到各地州市，她走遍贵州省的山山水水，收集各种地方名小吃配方，学习制作工艺，在传承上加以提高。她还常到田间地头考察采购原材料，确保每种原料全是原生态，来自大自然。她是把贵州小吃当作情感的载体，情有独钟，不但热爱，而且痴迷。在制作每种贵州小吃时，她除了亲自采购原材料之外，还十分用心、用情。她把对外婆的爱，对妈妈的爱，全都融进自己的生活与事业中！把亲手制作每种小吃的过程当作是对童年故事的娓娓诉说。把每一道小吃，作为内心流淌出来的儿时记忆，从中独享那份童真与亲情。那天，我们特意去"醉香丝"小吃店，品尝她亲手做的招牌小吃"丝娃娃"。她示范品尝小吃的过程，至今留在脑际令人难忘。当她拿起每一张方形面皮，就像一个母亲捧起婴儿的襁褓，上下左右四角平铺在手掌心中，再小心翼翼地、一点一点地将土豆丝、海带丝、萝卜丝、折耳根（鱼香菜）、香菜、脆哨、酥豆、油辣椒等10多种小菜包进面皮；然后，先由下至左右，折叠面皮，上方留口，看上去就是一个活生生的襁褓形状。当她用汤匙将酸酸辣辣的汁液注入"襁褓"之中的刹那，我眼前幻化出的是母亲在给婴儿喂奶的情景，猛然间，我明白了贵州名小吃"丝娃娃"名字的来源！

夜晚的小店，灯光通明，客人还在进进出出

她刚把第一个"丝娃娃"包完，我口中已盈满口水，没有半刻停留，接过放在口中，那味道啊，酸辣甜香，浓淡相宜，余味悠长。

　　那天，我们一边吃一边聊，除了味觉上的享受，你妈还学会了做"丝娃娃"的正宗方法。但是，真正打动我的却是马雯的故事。

　　在这里我不但找到了你要的那些最优质的小吃原材料，更重要的是从马雯的故事里，从这个店名里感悟出："醉香丝"不就是"相思，相思，最相思"吗？从中我看到了你的乡愁，理解了你对家乡，对亲人的那份牵挂！

　　此时，我特别想告诉你：回来吧！回到家，我一定带你到"醉香丝"，这里有众多形美味美的贵州小吃，里面全是妈妈的味道，一定能抚慰你那远离家乡、常年漂泊在外的思乡之情！

2012-04-18

往事

悲壮北川老县城　豪迈羌族小姑娘

　　在汶川大地震三周年之际，四川各大媒体用大量篇幅，强势推出题为《从悲壮走向豪迈》的大型报道。我在一篇报道中读到这样一段话："5·12 汶川大地震过去三年了，在这场大地震中，中国唯一的羌族自治县北川的县城被夷为平地，遇难人数逾两万，经济遭受巨大损失。温家宝总理重返北川考察时称'一定要再造一个新北川'。3 年后的今天，在山东省的对口支援下，一座现代化的崭新城市拔地而起，展现了中国人民的信心和力量。"

　　于是，劳动节期间，在《绵阳日报》同仁的陪同下，我去了汶川大地震的重灾区北川。在这里，巧遇一位和我同姓的羌族姑娘高杨，她的言行诠释了《从悲壮走向豪迈》的主题。

　　23 岁的高杨，今年刚从乐山师范学院新闻专业毕业，正在北川县委宣传部实习。劳动节到来的前一天，受宣传部委派担任我们的导游，她带领我们先参观被作为"地震博物馆"的大地震遗址——北川老县城，接着又参观了崭新的新县城。

　　不知是《绵阳日报》的同仁特意安排，还是情感运行的逻辑轨迹就是如此，从参观北川旧县城到参观北川新县城，我的心情是先抑后扬，大落大起，大悲大喜。高杨姑娘正是

坚强的羌族小姑娘

我情感变化中先抑后扬的闸阀器，大落大起的升降机，大悲大喜的催化剂。

　　站在进入北川山垭口的盘山道上，俯瞰老县城，再到城中的废墟旁，大地震后的惨状，虽然电视新闻、报刊等媒体的图片，文字的描述、反映，让我不止一次地受到震撼，但到了现场，才真正感受到什么叫身临其境。其对人心灵的震撼力，绝不是电视、图片、文字所能反映出来的。在那些坍塌的建筑前，在那些遇难者的遗像前，我情不自禁地驻足默哀，心潮难平。我深感人类在大自然面前的脆弱、渺小、无奈，不禁悲从心底涌起。

　　让人意外又惊奇的是，我们的导游小高杨竟然就是北川县城人，而且，在这次的灾难中，她失去了两位亲人——妈妈和弟弟。

她指着街道旁那栋坍塌的楼房告诉我们，这就是她 3 年前的家。2008 年 5 月 12 日那天，妈妈和弟弟就在这里遇难……

她在一栋歪斜的大楼前，讲述她爸爸死里逃生的往事……

她站在穿过北川县城那条河边，面对断桥、流水，讲述 3 年前那天，发生在这里那天翻地覆、惊心动魄的一幕……

……

那天，她在乐山的学校里，虽然避开灾难，得以幸存，但死者总是把悲伤和痛苦留给活着的人。20 岁的小高杨，身材瘦小单薄，刚上大学，正处在风华正茂、书生意气、柔情似水的花样年华，但她却承受了失去妈妈和弟弟的悲伤与痛苦。

她大大的眼睛，双眼皮加重了忧郁的特征，进入北川老县城，她一直是这样的表情。我跟《绵阳日报》的同仁说，要是早知小高杨家是这样的，我们就不应该问这么多，就不应该再去触碰她的伤痛。同仁说，当时县委宣传部的同志也有同样的担心，她虽是实习阶段，但却讲出了一句很成年人的话：既然不可避免，既然灾难已经发生，亲人已经走了，活着的人，好好活看，就是对死者最好的慰藉。

这句话或许是小高杨 3 年里，思念妈妈和弟弟，无数个夜晚，流淌了无数眼泪的结晶。这句话或许是整个地震灾区，受灾民众的共同声音……

从老县城到新县城的路上，小高杨那美丽而忧郁的眼神，那听似平淡却振聋发聩的"活着的人，好好活着，就是对死者最好的慰藉"的话语，一直在脑海里回响。

北川新县城紧邻安昌河，依山傍水，自然条件优越，距离老县城 23 公里。胡锦涛总书记为北川新县城所在地亲自斟定地名"永昌镇"。到了新县城，整齐划一的住宅，布局现代新颖的街道，民族特色突出，设计别具一格的建筑，令我们眼前为之一亮，精神为之振奋，心情完全变了。

这时，我们才看到了小高杨的笑容。

她如数家珍般地介绍新县城的街道、住宅、桥梁、广场、学校、医院……

她对新县城的热爱，对新生活的憧憬，对未来的希望，充满激情，也溢于言表。

是啊，当一个人经历了大喜大悲，大灾大难，大起大落，而且，又能在困难、挫折、灾难后自我超越，那么，在未来的人生道路上，还有什么事能难倒他，还有什么坎过不去？大地震让小高杨失去了妈妈和弟弟，同时也磨炼了她的意志。这种意志是支撑她未来人生幸福的基石，是她小小年纪积累的精神财富。正因如此，我相信，高杨，这位北川羌族姑娘貌似柔弱，但内在的意志力将会越来越强大，她的人生路也会越走越好。

我有幸 3 年后到灾区，不虚此行。使我感受很深，最令我难以忘怀的是高杨这位北川羌族小姑娘。她给我对生命、生活、人生的感悟，启迪、荡涤着我的思想，净化着我的灵魂。

2011-05-14

存放青春的地方

我们是"文化大革命"后，1977年恢复高考后的首届大学生。那时，国家百废待兴，学校没有条件集中授课，只能分散办学。我们毕业后，学校才由分散到集中，又由专科变本科。经过40年历任领导和建设者的不懈努力，如今的六盘水师范学院已经是省内外知名的"贵州最美大学校园"。虽然，我们没能在现在的校园里听过一天课，但这毕竟是我们的母校啊，这是存放我们青春的地方，那段不是很长的大学生活，是我们人生最美好、最难以忘怀的时光。

好像我们这一代人到了这个岁数，怀旧情结都很浓。哪怕毕业了40年，哪怕远隔千里万里，只要回到六盘水，都很想到母校的校园里走走逛逛。哪怕只是路过，远远地看一眼，心里就是满足的、愉悦的。

就因为它是我们青春萌动时，那场刻骨铭心初恋的地方；它是我们营造那幕美丽梦境的温柔之乡；它更是我们人生远行的启航码头；它是我们事业腾飞的发射基地。

……

其实，我们的人生转折，就是从这里开始的。

因此，六盘水师范学院就是我们一生中最牵挂、最关注的地方。

在深秋霜降后的这个周末，我独自走近薄雾笼罩中的六盘水师范学院校园。那红了的枫树叶，黄了的银杏叶，飘逸纷飞的芦苇花；还有那汪碧水，把高楼、绿树、鲜花、草丛揽进怀里，绘制成一幅淡雅清新的水墨丹青；特别是聚集在校园草坪上的那群风华正茂的在校大学生，更是吸引眼球。

这一幅幅映入眼帘的图景，情不自禁地把我的记忆引导到40年前，我们的大学生活里。

那个教古代汉语老师的夫子像；

那个脸上永远挂着笑容的男同学；

那个在晚会上唱《阿诗玛》，两条小辫子翘翘的女同学。

……

那些图景还让我看到了《古文观止》里，范仲淹《岳阳楼记》中描写"长烟一空，皓月千里，浮光跃金，静影沉璧"的图像；

看到了陶渊明《桃花源记》中描写"忽逢桃花林，夹岸数百步，中无杂树，芳草鲜美，落英缤纷"的意境。

……

整个上午，我身在校园里四处游荡，心却是在40年前的大学生活里畅想。

这是人生一种别样的享受，我将保持这样的习惯，会常去母校的校园走走逛逛。

2018-10-29

那些年我们一起走过的青春

2016 年 8 月 13 日，因为给母校（现在的六盘水师范学院）的校园捐赠了一块命名为"吉羊谢师"的奇石，我们一行 23 名 77 级贵阳师范学院六盘水中文大专班的同学，聚集六盘水，为这块石头的安放落成揭幕。

77 级大学生，这个特殊的群体，因其特殊的经历，特殊的历史背景，有着特殊的情感。

中断了 10 年的高考，"文革"后的 1977 年才予以恢复，我们与等待了 10 年，企盼了 10 年的 570 万考生一起，在 1977 年的冬天挤进考场，幸运之神将我们列进了只有 29：1（约 4.8%）的录取人数中的一员。我们这些年龄相差 10 多岁，来自社会的各个角落，各个阶层——工厂的工人、农村的农民（知青）、部队转业的退伍老兵……很多是 1966 年、1967 年、1968 年毕业的，被称为"文革老三届"的初中高中毕业生，还有少许刚从学校毕业的高中生。我们一班共 48 人，最小的 18 岁，最大的 31 岁，带着激情燃烧的青春，带着梦想，带着对未来的希望，来到了大学，成为被称为"天之骄子"的"文革"后的第一届大学生。就读的学校就是现在美丽的六盘水师范学院的前身——贵阳师范学院六盘水大专班。

那时，六盘水没有大学，只能分散办学。1977年，整个六盘水师范专科学校，录取了不到200个学生，分成中文、数学、物理三个班，用的是贵阳师范学院的高等教育资质。六枝、盘县、水城三个县，各放一个班，全都戴帽在当地的中等专科学校，称为"戴帽大学"，我们班戴帽在盘县师范学校。这个学校也是"文革"后，由于师资力量的严重缺乏，借用离县城10多里，一个部队医院迁走后留在深山沟里的旧房屋，开办学校的部队的简陋营房就是学生的宿舍，医院的病房就是教室。

由于办学条件的限制，我们虽然是1977年底高考录取，但一直到1978年的3月才开学。

学校里没有洗澡的地方，仅有一个极其简陋的食堂。从学校到县城的10多里路，没有公共汽车，唯一的交通工具，就是校方仅有的一辆2.5吨小货车。学校的教学所需、生活所用、领导出行就全靠它了。教职员工和学生，需要洗澡和购买生活日用品，全是步行10多里进县城。

在这样艰苦的条件下，虽然办学条件很简陋，集中上课学习仅3个学期，但就是这短短的一年半，我们的人生彻底改变了。

我们这群年龄在18岁到31岁之间，燃烧着青春激情的懵懂青年，在这样异常艰苦的环境中，却触摸到了精神的富矿！

在这里我们认识了"唐宋八大家"，认识了"竹林七贤"，认识了屈原、司马迁、李白、杜甫、曹雪芹……还有鲁迅、巴金、茅盾、瞿秋白、丁玲、柔石……还有莎士比亚、巴尔扎克、雨果、托尔斯泰、莫泊桑、契诃夫、卡夫卡、罗曼·罗兰、司汤达……我们如饥似渴地沉醉在他们奉献给人类的经典里。

《红楼梦》里，情感中的悱恻缠绵；

《三国演义》里，战场上的金戈铁马；

《约翰·克利斯朵夫》里，思想、音乐、艺术的精彩纷呈；

《战争与和平》里，大气磅礴的历史画卷，鸿篇巨制的包罗万象。

……

它们把我们领进了一个崭新的世界，增加了我们生命的厚度，填充了我们生活的内容，使我们能徜徉在"巨人"浩瀚的精神世界里，尽情享受着思想的盛宴、情感的盛宴。我们陡然间觉得站在了高山之巅，眼前的世界是那么辽阔，那

77级23位同学，39年后相聚，"吉羊谢师"前合影

么精彩，那么迷人，那么可爱。

这个简陋的学校，短暂的时光，除给了我们一把打开知识宝库的钥匙，还培养了我们热爱学习、热爱生活、懂得生活、学会生活的习惯。

因此，这里留下了我们的爱，留下了那浪漫而刻骨铭心，难以忘怀，还没有开始就结束了的初恋！

……

留下了许许多多一生也忘不了的故事。

今天，同学们聚在一起，就是为了：

回忆那些年，我们一起走过的青春；

见见那些年，遇见的、爱过的、忘不了的人；

叙叙那些年我们一起留下的青春故事。

在这样的聚会中，仿佛进入了奇特的时光隧道，让我们又回到了 39 年前。

看看这些 60 岁左右退休后的老头子、老太太，很多已经是当了爷爷奶奶、外公外婆的。但是，他们的脸上溢出的却满是青春的笑容，还有那掖不住、藏不了的，浸透在骨子里的，伴随着生命燃烧的青春激情！

2016-08-27

青春舞曲

美丽小鸟一去无影踪，

我的青春小鸟一样不回来。

——题记

临近春节，我收到了毕业40周年同学聚会纪念册，真高兴！

情感有了燃点，就会点燃激情的火焰，这份纪念册就是我情感中的燃点。

因为在夏威夷意外受伤，我错过了这次难得的同学聚会，这本精美的纪念册，弥补了我心中挥之不去的遗憾。册子中留下的那一幅幅照片，一段段文字，一张张笑脸，让我睹物思人，睹物动情。情感的湖面，荡起了层层涟漪，那段美好的青春时光，像幻灯片一样从脑海里飘过。她更像熊熊燃烧的火焰，在情感的原野里燃烧，思绪在燃烧之中犹如春潮涌动、澎湃，随之多少回忆、联想、感悟滚滚而来。

此时，我在旧金山疗伤期间，写给参加聚会同学的信里，那些从肺腑中流出的话，又在心底涌起。

1977年，我参加了因"文化大革命"停了10年以后才恢复的高考。这次高考，改变了我人生的命运，改变了我生活的轨迹。

也正因如此，我也有幸与一同考进大学的48位同学相识相知。

我们虽然同窗不到两年，但这些同学，却成了我青春岁月里，生命中遇见的最重要的人。

那段在人生长河中不算很长的时间，却给我留下了许多终生难忘的美好记忆。

忘不了，老师的讲授把我们领进了一个崭新而精彩纷呈的精神世界；

忘不了，徜徉在古今中外经典名著中的一个个不眠的夜晚；

忘不了，同窗情谊引发的情窦初开，和那没有开始就结束了的，但又刻骨铭心的初恋；

忘不了，拿到红红的毕业证的那一刻，心中种下的诗和远方。

……

许许多多的忘不了啊！仿佛就在昨天。

晃眼间，毕业40年了，当年青春年少的我们，已经是爷爷奶奶，公公婆婆辈了，都已步入老年。这把年纪，那些在激情燃烧岁月里留下的青春记忆，成了我们情感世界和精神家园中，最宝贵的财富。

我好期盼能与同学们相见，相聚，相欢啊！

都说人的一生中，最美好的时光是青春岁月，那是因为活力、激情、希望、单纯、梦想、热烈、爱情等青春元素，把人的青春年华打扮得绚丽多彩。在我的青春成熟期，与这帮大学同学相遇、相识、相处的日子里，我的这些青春元素获得了填充、丰富与培育，进而更增添了我青春的亮丽色彩。

今天，手捧纪念册，反复、细致地翻看每一幅聚会时留下的照片，在同学们每一张笑脸上，我似乎看到：

当年的青涩已被沧桑替代，那时的轻盈飘逸变成了现在的成熟厚重；

40年后的同窗相聚，欢声笑语中，闪烁着的满是青春的火花；

他和她之间的青春错过，由她那一声"真对不起"的遗憾，变成了一生的牵挂。

……

我拿到《毕业40周年同学聚会纪念册》，一遍又一遍地认真翻看，同学们在相聚时，宴会中的欢笑，广场上的歌舞，校园里的合影，戴着红领巾的敬礼，绽放着喜悦和快乐的豪情，使我心潮起伏，热血沸腾，好像青春又回到了我们的身旁。

看着这群年逾花甲，奔向古稀的老头老太追忆青春时的激情，同时，又有一种淡淡的、莫名的感慨袭上心头。忽然间，歌王王洛宾那首经典名曲《青春舞曲》的优美旋律与动人歌词在我耳畔响起：

> 太阳下山明早依旧爬上来，
> 花儿谢了明年还是一样的开，
> 美丽小鸟一去无影踪，
> 我的青春小鸟一样不回来。

这首《青春舞曲》，写的不就是我们吗？

2020-01-16

142

人生的航标

《辞海》第 1905 页，"航标"的词条释义是这样的："为引导和辅助船舶航行而设置的在岸上或水上的标志。"

《百科全书》中，关于航标的定义是："航标是航行标志的简称，指标示航道方向、界限与碍航物的标志，用以帮助船舶定位、引导船舶航行、表示警告或指示碍航物的助航设施。"

由这两个词条，我想到了一对夫妇，他们就是我人生的航标。

1973 年 2 月，我从部队退伍，被安置在一个带战备性质的炸药厂（因该厂有保密性质，对外称六七一厂）工作，这个厂是成建制，整体从东北抚顺搬迁到贵州的。因为，是按"大三线"建设（所谓三线，一般是指由沿海、边疆地区向内地收缩划分三道线。一线指沿海和边疆的前线地区；三线指包括四川、贵州、云南、陕西、甘肃、宁夏、青海等西部省区及山西、河南、湖南、湖北、广东、广西等省区的后方地区；二线指介于一三线之间的中间地带。其中，川、贵、云和陕、甘、宁、青俗称为"大三线"，在准备打仗的特定形势下，是较理想的战略后方。用今天的区域概念来说，三线地区实际就是除新疆、西藏之外的中国西部经济不发达地区）的战备要求，厂子建在云南和贵州的交界处，离县城 60 多公里的山沟里。这里属典型的高寒山区气候，一年中，秋冬两季基本是在雾雨笼罩中。方圆几公里没村庄，没人烟，四周都是树林和大山，只有通往厂区的一条黄土路是联系外面的唯一通道。

在我生命历程的记忆库中，这个厂的驻地名和通信地址令我永生难忘：地名是贵州省盘县特区亦资区火铺公社煤炭沟。对外的通信地址是：贵州省盘县特区 10 号信箱（因是保密性质的工厂，写真实地址，信寄不出去，也寄不进来，只能用信箱号。进厂时，厂里在新工人培训时，专门交代，对外通信不能提及厂的具体地名）。

那时的条件是难以想象地艰苦。

吃的是大食堂，除了年节有三五个炒菜，平时稀饭、馒头、咸菜老三样，或者米饭加杂烩菜，常年如此。

住的除了厂房、办公楼，其他全是"干打垒"（一种简易的筑墙方法，在两块固定的木板中间填入黏土，是因陋就简，解决居住困难的临时办法）或油毛毡房。"干打垒"要比油毛毡房牢固稳定，因此，成家的一般住"干打垒"，单身一般住油毛毡房，我和另外一位同事就住油毛毡房。

就在这里，我结识了这样一对夫妇，男的叫相建海，女的叫周令华。他们是"文革"前考入大学，"文革"初期从南开大学毕业的大学生。我是从部队转业，安置来的退伍军人，当时，是最吃香的"工、农、兵"，怎么与他们会相识相知呢？

"文革"时期，县团级以上的单位，都要有一个写作班子。写的文章在本厂广播后，还要上报。相建海虽然是大学生，因家庭出身是地主，不能在政工部门工作，只能在车间搞技术。周令华在大学是班长，家庭出身好，文笔好，就到了厂子宣传科写稿。我在部队是《国防战士报》通讯员，常写些小稿发表，在我的档案里，部队在鉴定中专门提及。我又有自己的剪报集做证，于是，我免去了下车间当工人的命运，也到了宣传科，就和周令华在一个办公室。他们夫妇都比我长6岁，而且，先我3年到厂，按工厂习惯，平时在班上都以"相师傅，周师傅"称呼他们。

我们在宣传科的日子里，一起讨论稿件（平时，我们也大量地给厂广播站写表扬稿，给省报和《工人日报》写新闻稿），还根据上级要求，举办脱产的马列原著学习班。她在大学的专业是生物，我只是"文革老三届"初中毕业生，我们对这些要求读的马列原著都是茫然的。但是，这是政治任务，只得硬着头皮去啃：于是《反杜林论》《共产党宣言》《哥达纲领批判》《资本论》，黑格尔、康德、费尔巴哈、亚里士多德等，对这些马列经典中的书名、人名有了粗浅地接触，对马列的一些基本概念也了解了一些皮毛。

后来，我就对每篇马、列、毛著作中，关于历史事件、历史人物的注释非常感兴趣，并做了大量抄录。其用功程度，远远超过了对原著本身。

周令华发现了我的兴趣，就介绍我看一套范文澜编的《中国通史》。此后，通过她和相建海，介绍我认识了厂子里另外几位喜欢看书和有书的人，在那枯燥寂寞的日子，我好似在沙漠中遇到了甘泉。从此，那漫长无聊的夜晚，都有精彩纷呈的书籍陪伴着我。

1977年冬天，中国恢复了高考，很多"老三届"中学生，跃跃欲试。我虽属"老三届"初中毕业生，但我是1965年入学，只读了个初中一年级，其实就是一个小学文化程度，哪敢去考大学。

就在这时，相建海和周令华两口子一唱一和，鼓动我，男的说:"小高数理化没基础,但文史哲有基础,去考文科吧。"女的说:"去,去,去,一定要去试一试,有的基础课我们可以帮你突击一下。"我的热情被他们点燃了,信心被他们鼓起来了。好,就报名去试一试吧。

相建海、周令华夫妇的一席话,改变了我一生的命运。

1977年12月11日至13日,我和全国570万青年一起,参加了高考。我幸运地进入了恢复高考后首批大学生的行列。

1978年5月15日至16日,相建海参加了"文革"后第一批研究生考试,在千军万马之争中,以优异的成绩被南开大学录取。两年后,又以第一名的成绩留学德国。学成回国后,相建海被留在中国科学院工作,现在是中国海洋大学、南京大学、山东大学等5所大学的兼职教授,国内外知名的科学家。互联网的百度百科"相建海"条目,第一段文字是这样介绍他的:"相建海,博士生导师。中科院海洋研究所所长,中科院实验海洋生物学开放室主任,研究员,博导。南开大学毕业,留学西德。曾在美国、加拿大、澳大利亚、新加坡等国开展中短期合作。主要研究方向为海洋生物技术,重点领域是海洋生物遗传免疫学。先后承担主持国家重大攻关项目,科学院重大和重点项目、国家重点基金项目和省市课题50余项;担任'十五''十一五'973项目首席科学家,863专家委员会主任、专家组组长;获得了国家发明二等奖,中科院科技进步一等奖,山东省科技进步一等奖等奖项。"打开互联网,在这个条目中,可搜索有关相建海的信息数百条,约有洋洋洒洒万余字,这里我仅摘其一段。

机会是为有准备的人而准备的,相建海的成就佐证了这句箴言。在六七一厂那样艰苦的日子里,在那样恶劣的环境中,他们夫妇从来没有放弃对未来的追求,学外语、啃专业,是每天的必修课。1977年,恢复高考制度,机会给了他回报。

青岛崂山与相建海（左）周令华（右）夫妇的合影

相建海、周令华夫妇最终都到了中科院海洋研究所，都是该所的教授。

他们虽然均已六十五六岁，但相建海还是他所负责项目的首席科学家，还是博士生导师，还在世界各国飞来飞去，参与许多课题的研究。夫妇俩62岁学开汽车，用一项发明奖的奖金买了私家车，在创造生活的同时，也在自由自在地享受生活。

我非常敬重他们，我把他们视为我的人生航标。

其实，航标是有公共利用性的。相建海、周令华夫妇也是如此。

1978年5月，相建海考研时，因为只有到县城才有考场，所以，他只能从工厂到县城参考。考试时间是5月15日、16日两天，我家在县城，13日就陪相建海一同到县城，住在我家。那时，小弟刚读初中一年级，看着大哥哥领着另一位考研究生的大哥哥来家，很惊奇。

为抓紧时间，分秒必争，每天考试回来，相建海总是在楼上看书，到时再叫他下楼吃饭，手里还拿本书下楼。这时，小弟总是好奇地凑上去，看他手里拿的什么书。为了在熟悉英文单词的同时换换脑子，这天相建海拿了一本英文连环画《孙悟空三打白骨精》。饭余，小弟要叫相建海一句句把英文翻译成汉语，听其一会儿讲英语一会儿讲汉语，小弟觉得很有意思。

就是这样的一次偶遇，小弟对学习英语有了兴趣。高考时，小弟的英语成绩是全市第三名。后来，小弟考大学，考研究生，考出国留学，在国外就业，成为世界500强企业中的一名高管，定居美国等，均得益于外语好。

虽然，相建海、周令华都相继离开了六七一厂，但他们的奋斗之路，人生之路，他们所取得的成就，却成了六七一厂，以及和他们相识共事过的人的精神财富。六七一厂为他们而自豪，为他们而骄傲，很多年轻人以他们为榜样。

还有些厂里的老工人，把他们的故事讲给子女听，用来激励子女上进。

1977年恢复高考后，和我们前后进厂的工人，有数十人通过历年的高考，从这个千人小厂走了出去，现在有的是大学教授，有的是各行各业的骨干。

这些，和相建海周令华夫妇的影响，不无关系。

也许，他们夫妇从来没有想过这么多，即使我这样说了，他们也不会相信，但事实就是这样。

船舶在大海中航行，是少不了航标的。人在人生的航行中更少不了航标。

2011-02-11

天使之美

——一群小护士对一个抗战老兵的灵魂救赎

　　我们将修复我们的内陆城市，并重建高速公路、桥梁、隧道、机场、学校和医院。我们将重建基础设施，并且更重要的是，这些重建项目会给数百万人带来工作。同时，我们也终于能照顾好那些忠诚而伟大的老兵。

——美国第 45 任总统

我的岳父，一个抗战老兵。

他 1922 年出生于湖北荆州，20 岁就当兵打仗，战争年代，曾经 10 多次负伤，做过大小 10 多次手术。他 80 岁以后，全是在医院里的病房中度过的。

他是一位具有坎坷人生的老人。

抗日战争时期，他参加国民党 79 军，参与了对日的鄂西会战、常德会战、长沙会战等著名战役。

1945 年 5 月，在国民党军队与新四军的摩擦中，他又成了一名新四军的战士，继续抗日，直到日本投降。

抗日战争胜利后，他作为一名解放军战士，参加了解放战争中著名的孟良崮战役、淮海战役、渡江战役、解放上海等战役。

1950 年 10 月至 1953 年 7 月，他又随部队作为志愿军，参加了抗美援朝战争，杨根思（特级英雄）就是与他同在一个部队的战友。

1957 年 5 月，他从部队的连长转业到地方，当了一名普通干部。服从组织安排，先在宁波工作，又响应号召，支援大西南建设，来到贵州、黔北、黔西，修铁路、开煤矿，投入到轰轰烈烈的大三线建设，远离家乡，一干几十年，献了青春献子孙。

改革开放之初，老人退休了。30 年前，老伴先他而去了，在近 80 岁时，战争中留下的伤痛和人体机能的老化，使他最后的 10 多年都在医院的病房度过。

他曾为之流血战斗过的抗日战争、解放战争、抗美援朝战争，这些对国家和民族产生过重大影响和改变过历史进程的历史事件，因岁月的流逝，还有那些曾经经历过和参加过这些战争的人也渐渐老去，离去，人们也渐渐淡忘了剩下得寥寥无几，又是垂暮之年的老人。

孤独，成了老人生活中的重要内容。

虽然，作为享受厅局级医疗待遇的离休干部在费用上不缺什么，但作为一个曾经征战南北、驰骋疆场的历史老兵，长年累月地住在医院里，躺在病床上，除了子女来看望，几乎没有任何与外界接触的机会。

老人内心深处有着强烈的诉求和希望：如果能定时地组织他们参与一些力所能及的活动，或有专人定时向他们介绍一些时事，不要让他们被时代、被社会边缘化、渐淡化，那该多好啊！

2015 年 9 月 3 日，我们国家在天安门广场举行纪念中国人民抗日战争暨世界反法西斯战争胜利 70 周年阅兵仪式，许多抗战老兵参加了游行队伍，还上了观礼台。这天，老人也收到了由中央军委和国务院颁发的抗日战争胜利纪念章，这是党和国家对抗战老兵的最高奖励。就是那天，医院的一群十八九岁的小护士，还专门给老人家送来了一束鲜花，并和老人在电视机前一起观看阅兵仪式，听他讲当年的抗日故事，争相和老人合影留念。此后的日子里，她们常听老人给她们讲抗日故事，无微不至地照顾老人，她们那种对老英雄的敬畏之情溢于言表。每天，无论早晚，总有这些年轻的小护士到老人床前关注老人，关照老人。

自从那时起，我看到老人脸上的笑容多了。

这群白衣天使，用她们对英雄的崇敬，满腔热情地关照老人。我每次到医院，看到这些护士在老人床前，亲切地问："爷爷，您今天还好吗？睡得还好吧？今天又吃了啥呀？"每句问候，老人都会喜上眉梢，频频点头，连声道谢。

每当看到这一幕，我心里也是暖暖的。这些天使们的热情，以及她们对抗战老战士的敬爱之情，像一缕阳光，像一股暖流，融化着老人心灵上的纠结与重负，为老人生命之火注入了能量。

突然间，我似乎感受到这些被称为"白衣天使"的十八九岁的小护士身上细致入微、一丝不苟的敬业精神，她们对这位抗战老兵的敬意，在我的意识里已幻化成一种大爱大美！天使之美！

正是这天使之美，昭示了我们国家，我们民族的希望与未来！

正是这天使之美，让老人对很多旧事释然，完成了对这位抗战老兵的灵魂救赎！

也正是这天使之美，让我有不吐不快之感，因此，我写了上面这些文字。

2016 年 10 月 29 日，我的岳父，一位抗战老兵，在六盘水市人民医院病逝，享年 95 岁。老人安详地走了，淡定地走了，或者说轻松地走了。

2016-12-20

我的那个手榴弹箱

我有一个陪伴了我 48 年的手榴弹箱。

1969 年的春天，刚满 16 岁的我，穿上了军装，带着少年的青春梦想，离开故乡，成为中国人民解放军的一名战士。

1973 年的春天，刚满 21 岁的我，脱下了军装，带着这个装着一箱笔记本，装着我在军营 4 年生活记忆的手榴弹箱，回到故乡。

其实，箱子里的内容已经镌刻在我的灵魂里，融入我的血液中，锻铸成了我的性格和品质。可是，我还是舍不得弃了它，因为每次看到它，那些年的军旅生涯，就会一幕幕在脑海中再现。是回忆，更是复习，是提示、是巩固、是牢记、是更新！

今天是"8·1"建军节，是兵的节日，我又一次翻弄出这个手榴弹箱，它把我又带回到了当年的军营。

——在新兵营的那些日子，最多时，一夜 4 次紧急集合，我的衣服反穿过，背包散掉过，帽子丢掉过，子弹袋拴倒过，出过好多洋相，集合时间，曾经是全连倒数第二，拖了全班后腿。年轻气盛，丢不起人，白天刻苦训练，半个月后，我们班在全连拿了第一，从此，我拖沓的毛病改掉了。

——无数次的野营拉练，身负背包，枪支弹药，水壶、

48年来，一直陪伴着我的那个手榴弹箱

挎包，重量超过30斤，净走羊肠小道，山路崎岖。当急行军10多公里，汗水浸透衣服，气喘吁吁，很想歇一歇时，冲锋号响起，跑步前进，气已经喘不上来，腰发软、腿发抖，有些战士体能不济，倒在地上，医疗救援队将其抬上担架拉走。这时，我咬紧牙关，随着队伍，狂喊着："冲啊！"不顾一切，向前！向前！每次拉练下来，我头晕目眩，上气不接下气，汗透军装，只差倒下了。但是，我要求自己坚持！坚持！挺住！挺住！我有点不相信自己似的挺过来了。一次一次，汗水还有泪水，拌着苦和累，积淀在我的灵魂里，品行里，它形成了我性格中的顽强和坚韧。

——每天清晨，起床号响起，以最快速度起床叠被，背上弹药枪支，排队出操；每天夜晚，熄灯号响起，哪怕你兴奋难眠，毫无睡意，也得在黑暗中静静地躺在床上，学会强制入眠。后来，起床号和熄灯号声就慢慢地镶嵌在我的大脑深处，清晨和夜晚都会自然响起。它铸就成了我的生物钟，哪怕我走南闯北，千里万里，环境万变，我再也没有尝到过睡懒觉的滋味。

——每天临睡前的班务会，雷打不动地开展批评与自我批评。让一个刺头男孩形成了一生都具有的习惯：把刺耳的批评变成动听的语气，送给他人，也会把严厉而难听的指责，化为有益的养分，留给自己。

——从当兵的第一天起，队列训练就开始，集合、站队、看齐、跑步、齐步、正步、口令、着装，抬头挺胸，军容风纪，投弹射击，擒拿格斗，用带血的拳头，击打着千层纸绑成的木桩，直到千层纸一层不剩，都变成拳头上的老茧为止。

……

还有，还有，还有很多很多，写不完的军营中的故事，都装在这个手榴弹箱里。

在部队这个大学校里发生的这些故事，一天又一天，从不间断，一点一滴，一举一动，军人的气质渐渐地、不知不觉地浸润在每个当兵人的骨子里。当兵的历史，是宝贵的财富，它诗化了我的人生，并伴随着我走向生命的远方。

2017-07-31

我的三次死亡经历

昨晚，我做了一个奇怪的梦，我们一行人徒步行走在陡峭的山路上。时而爬坡，时而下坎，突然间前方没了路，只有一个容得下一人爬着过去的山洞。我稍胖，爬到中途，头过去了，肚子和腰卡住了，前面的人拽我的头，后面的人推我的腿，都过不去，不能进也不能退，好痛！好痛！……我惊醒了，一身的冷汗，辗转不能入睡。

——我突然间想到，妈妈生我的时候，妻子生我们的女儿的时候，许许多多母亲生她们的孩子的时候，耳边仿佛响起了她们痛苦的呻吟声，撕心裂肺的叫喊声。

——我突然间想到，人的生命，从孕育到出生，到长大成人，要经历的困苦磨难。

——我突然间想到，我读过的美国小说家杰克·伦敦在《热爱生命》中，那些关于生命的惊心动魄的描写。

——我突然间想到，在我 70 年的人生历程中，曾经遭遇过的三次死亡经历。每次对我都是刻骨铭心的，都有不同的人生感悟和收获，都是生命的积淀，都是生命的内容，更是人生的财富。也同样是那段历史的印记，这些印记无论是酸、甜、苦、辣，总是会勾起我很多有价值、有意义的记忆。

这些经历的记忆，使我更加尊重生命，热爱生命，倍加珍惜当下的生活。因此，我就一一记下了它。

一、生即面对死

那是 1952 年的秋冬交替之时，不到半岁的我，夜晚突发高烧。那个年代，正值中华人民共和国成立初期，我们的家又住在一个离县城数十公里的边远山乡，当地没有医院，父亲是乡里的税收干部，走村串寨收税未归。母亲怀抱着我，手足无措，急得大哭。

邻居一好心老太，闻声到家安慰母亲，将母亲怀抱中的我接过，那时我已高烧昏迷。老太一看，这小孩已不哭不闹，也不会动弹了，就对年轻的母亲说："你的孩子已经没气了。"

母亲急忙把我抱回，亲吻我，拍打我，昏迷中的我毫无反应，依然一点动静也没有。

母亲真的以为我死了，紧紧地抱着我大哭不止。

邻居老太见状，同情怜悯有加，一并哭着劝母亲："人死不能复生，你还年轻，再生吧！别老抱着了，你哭了一夜了，累了，歇歇吧！"

于是，老太从昏昏沉沉的母亲手中抱过昏迷中的我，用草席裹着，放于门外，回头跟母亲说："现在半夜三更的，山上豺狼多，等天亮了，再请人抱到山上埋了。"

天刚微微亮，由于屋外的雨雾，冷湿的地气，起到物理降温的作用，我的烧退了。我从昏迷中醒来，饿了，就大声地哭叫起来。

哭声惊醒了昏昏欲睡的母亲和好心的老太，我从"死神"手中回到了母亲的怀抱里。

这次的死而复生，因为我太小，只是听父母亲说的。母亲每次说起这事，都重复一句话："哎，那时太年轻（母亲大我20岁），什么都不懂，差点让我儿子丢了命。"言语中充满了自责和后怕。

或许，是母爱的天性和力量，从那以后，母亲虽然没上过学，不识字，但她坚持从民间收集、学习了很多乡土急救法。什么情况下用手指压什么穴位，或用什么方法，治疗缓解哪些症状，同时，还学会了许许多多中草药的识别使用知识。也正是母亲的勤奋，在那个缺医少药的年代，我们六个孩子都健康地长大成人。

今年，母亲已经90岁了，一年前已经失忆，生活不能自理。前些年她还坚持用积累下来的中草药知识，自己采药熬制成汤，敷泡医治腰腿痛呢。也是有了这次经历，母亲对人生苦难的顽强抗争，以及母亲那种生命力的倔强，形成了母亲的品格，这些品格就像一粒种子，从小就播种在我的灵魂里。使我在今后的人生道路上，有了对坚韧不拔、顽强敢拼、百折不挠、勇往直前这些品质的敬意、向往、学习、吸收、坚持！

这次死亡经历，虽然发生在我幼小而无意识的年岁里，却让我明白了，任何一个生命从一出生就面对死亡。生命的成长过程绝不会一帆风顺，如果没有顽强的意志，很难完成生命的过程。

二、要命的鲜花

这是我这一生中，对饥饿留下的最深刻的记忆。

1960年的春天里，正是山花烂漫之时，我已读小学二年级了，我父亲从县城调到云南、贵州两省交界处的一个乡里当基层干部。

也许是上级组织要培养父亲吧，抽调父亲到地委党校学习半年。

家中就只是母亲带着我和弟弟、妹妹。那时正值三年自然灾害，全国上下，物质匮乏，粮食、肉类、食油、糖、烟、酒、布料等，所有的日常生活用品都是定量供应，父母亲每月每人13.5公斤，孩子每月8公斤，大米和苞谷各半，凭购粮证，在定点粮食供应站购买。父亲已经出门两个多月，家里的大米和苞谷眼看就要吃完了。母亲在解放前因家贫，没读过书，看不懂购粮证上是否还有粮食，以为购粮本上没粮了。

于是，就把每天三餐，改为两餐，正餐也是在粮食里添加野菜，或者干脆熬粥喝。

正餐喝粥，又不吃早餐去上学，上小学二年级的我，正是长身体，吃长饭的年龄，每到早上便饥饿难耐。

那天天晴，春天早晨的阳光暖暖的，早上的头两节课一完，课间操的间隙，饿的感觉特别强。我们的学校在一个小山顶上，周围山坡上灌木丛生，其中，多数是映山红，那是三四月份吧，正是花繁季节，映山红格外艳丽。有些同学在花丛中嬉戏打闹，还不时摘下花朵放在嘴里吃。我见状，饥饿难忍，于是，我不由自主跑进花丛，双手齐下，一大把一大把的花朵被我捏做一团，塞进嘴里，吞进肚里。只觉得那味道酸酸的、甜甜的，好爽口啊。也不知吃了多少，反正肚子不太饿了。

一会儿，第三节课的钟声响了，我很有劲地跑进教室坐下，老师进教室，班长大声喊："起立！"我从座位上迅速站起来，刚开始只感觉到头有点晕，旋即教室转了，黑板转了，身边的同学也转了。转啊，转啊……我什么也不知道了。

当我醒来的时候，已是下午了，我躺在医院的病床上输着液。妈妈在我身旁，不停地说着话："哎呀！好了，好了，醒了，醒了！哎哟！多亏他的同学背他到医院了，及时啊，要不没得人了！"

后来，我才知道，映山红虽然很美，花朵酸甜可吃，但是有毒。我那天是因饥饿而食之太多，中毒昏迷，如不是及时抢救，肯定没命了。

现在，我已年逾七旬，但是，那年，那座山，那一坡长在教室旁的映山红，一直艳丽地开在我的记忆中。

更为奇怪的是，那次中毒虽然是小学时的事，但那从未有过的饥饿感，已深深地刻在了我的灵魂里，造成了我这一生从不改变的习惯。无论何时何地，每次吃饭，我绝不会剩饭，吃完饭后，我的碗里绝不会留下半颗米粒！

三、在夏威夷差点葬身海底

我对大海的爱恋是深植于灵魂的，然而，在夏威夷茂宜岛维雷亚海滩，大海却给了我最严厉的惩罚，几乎让我葬身海底，客死他乡。

2019年6月底，我和老伴在女儿女婿的陪同下，带着小外孙女，一家五口，到夏威夷茂宜岛度假，入住该岛以海景著称的万豪酒店，酒店临海岸线一带，由于有繁茂的热带植物、高尔夫球场如茵的草坪、蓝天白云下的蔚蓝色大海、天空飘浮的白云和白云下飞翔的海鸥、在海风中摇曳的椰子树、拍打在礁石上的惊涛声等元素的组合，构成了茂宜岛独有的海景画廊，那些镶嵌在画廊中的一个个独具特色的海滩，更是迷人。好多来茂宜岛度假的游人，从清晨日出到黄昏日落，海中泡海水，滩头晒太阳，整天都是在海滩上度过的。

我是一个钟情大海、向往大海、爱恋大海的人，见了此情此景，哪还按捺得住。家人们还没准备好，我就已经奔向离酒店最近的维雷亚海滩，迎着涌浪，投进大海。

那天的浪好高，当我游进水深处，被浪托至峰顶，又随波逐流而起伏时，有一种婴儿在摇篮中的感觉，很是享受。

在海深处游了几分钟后，感觉累了，看着浪也大了，于是我背对大海，面向沙滩，正奋力回游时，一个比人高的海浪，呼啸着、翻滚着，从后面涌来。不知不觉中，浪花盖过了我的头，完全淹没了我，又将我卷起，随着海浪做 360 度翻滚。我拼力挣扎着，意识里只想游回岸边，但完全不能自控，突然间海浪将我抛向浪尖，砸向海底。在海水中，或许是几上几下，或许是几轮翻滚后，头被重重地摔在海底沙石上，这时，我没了知觉，没了意识……

大约过了几秒钟吧，我感觉双脚触碰到了海底沙石，我下意识地强制双腿，冲出海浪，奔向沙滩。

在海水中，虽然是短暂的挣扎，但是，我已用尽全力。冲到沙滩时，喘息不止，浑身像散架一样，懵懵懂懂的，晕晕乎乎的，瘫坐在沙滩上。

此时的我，眼前一片模糊，左手失去知觉，不能动弹。从头到脚，浑身上下，口中、耳中全沾着海水冲起来的细沙，脸颊、眼角、口角流着鲜血。

在沙滩上呆坐了大约 10 分钟，在似醒非醒的状态中，隐隐约约记得，可能是我痴呆的模样，脸上流着的鲜血，引起了好心人的关注，不断有人走近我，比画着询问我。我不懂英语，无法交流，但在渐渐地清醒中，不愿惊动更多的人，就向他们摇手示意无大碍。

在这个过程中，老伴到处寻找我，当她看到如此情形，立即把我扶到太阳伞下的沙滩椅上躺下。此后，我左手逐渐恢复了知觉，头脑也渐渐清醒了。

回到酒店，处理完伤口，经医院检查，颈椎受伤。

医生说，这种情况没造成颈椎骨折，也没造成颅内出血，这是万幸，是最好的结果了。

这次与"死神"擦肩而过，幸好我能死里逃生。在受伤期间，所经历过的、见到了的、感受到的，给我心灵深处留下的温暖、感动、深思、醒悟，远远超过了留在身体上的伤痛，那些人，那些事深深地刻在了心里。

——我脸上流着鲜血，坐在沙滩上，昏沉沉的喘息之时，那些关心、问候我的不同肤色的外国人；

——当我躺在沙滩椅上流血不止，为我送来冰块止血的美国老人，还有那两次为我清洗处理伤口的酒店急救员；

——为我细致讲解 X 光片结果，指导颈椎护理，免费送止痛药的美国医院外科医生；

——在我受伤后，半夜被我的越洋电话多次吵醒，耐心为我远程诊断，一再动员我上医院急诊的国内医院 ICU 室主任；

——闻讯赶来，见我受伤，急得团团转，迅速叫来急救人员，不管花多少钱都要逼我去医院就医的女儿；

——顾不上吃饭，顾不上妻子女儿，从早到晚一整天，连续驱车，跑三四个地方，送我上医院检查、拍片，到药店买药，给我买吃买喝，忙前忙后的女婿；

——自始至终扶着我、陪着我，用冰水及时为我冲洗伤口上的海水和细沙，夜里我不能翻身，下不了床，帮我端水，扶我上厕所，为我穿衣脱裤，任劳任怨的老伴；

　　——用稚嫩的小手，拿着棉签，沾着药水，轻轻为我涂抹伤口的小外孙女；

　　——微信群，家人圈中，得知我受伤信息后，传递着一个接一个的问候：关心、牵挂、焦虑的弟弟妹妹们。

　　……

　　这次死里逃生中的所有经历，是我人生中从未有过的体验。虽然，身体遇险，受到伤害，但是，当一切平静下来时似乎有一种感觉，心灵上的收获还是蛮多的。

　　——我看到了人性中最美的风景。这次经历的一系列事实让我感悟到人性的善良，生活的美好。并且，伤痛把我领进了人性中最美的那片净土，让我看到和享受了人间的真情；

　　——我感受了危难之际的血缘亲情。那些被生儿育女、油盐酱醋淹没了的血缘亲情，全凸显出来，亲人的关爱，家庭的温馨，是世界上最暖心的能量；

　　——我又多了一份难得的人生经历，增加了生命的厚度，丰富了人生的精彩。

　　……

　　当我感到离死亡很近的时候，这些关爱就是给我的最宝贵、最有效的良药，它医治和修复了岁月在我灵魂上留下的创伤，使我更热爱生活、热爱生命、热爱家人、热爱社会。

　　因此，这虽然是一次生命的灾难，但更是一次人生的收获。随着时间的推移，往事在记忆中储存量的增多，阅历的丰富，一定还会使我的认知深化，思想内涵叠加，收获也将更多。

　　2022-01-19

我舍不得呀，真舍不得她

在上海仁济医院（东院）半个月，二弟在神经外科做手术，我做陪护。二弟住的是24床，旁边的25床是一个住了9年院的老太太。

半个月里，一日三餐，我给二弟送饭，每天上午，还在病房里照看二弟输液、吃药。但是，却从未看见25床翻动过身子，睁开过眼睛。

奇怪的是，每天早晨8点，一位满头白发，背微驼、体微胖，戴着深度近视眼镜，步履蹒跚的老头，很准时地来到病房，放下手中提着的两个袋子，走近25床，伸出双手抚摸一下老太太的脸颊，然后俯下身子，轻轻地在老太太的额头上轻吻，再凑近老太太耳边，嘟嘟囔囔一阵。时间有长有短，有时老头嘟囔着，嘟囔着，眼中就有了泪水。

我很好奇，曾试图听听那老头对老太太说些什么，因那老头在老太太耳畔说的纯粹是悄悄话，加上又是上海方言，我根本就听不懂。

老头跟老太太说完话，就开始一摇一晃地走去拿脸盆、毛巾，弄热水帮一动不动的老太太洗脸、翻身，用热毛巾擦拭老太太的身子。

一整套程序完成，老头已经喘着粗气，冒着汗水。他稍事休息，又佝偻着身躯，忙前忙后，擦拭榨汁机，削苹果，洗红枣……把好几种水果和食物用刀切碎，用榨汁机打成糊汁状，再用已经把针头换成了橡胶管的针筒，吸满做好的流汁，一边唠叨着"吃早餐啰，吃早餐啰!"，一边小心翼翼地把老太太的头摆正，再轻轻掰开老太太紧闭的嘴巴，插进软管，将针筒里的流汁慢慢推进老太太口中，让老太太缓缓吞咽。

据医院神经外科医护人员介绍，这老头已是88岁高龄，是一位退休的中专教师，25床的老太太，83岁，是他相濡以沫60年的老伴。9年前，因患脑瘤，住院做手术伤了脑干，从手术室出来就成了植物人，从未醒来过，整天躺在病床上。

这位老头与子女和医院约定，每天上午由他来陪护25床。9年来，除了身体健康原因外，每天早晨风雨无阻，老头都会准时来到病房陪老伴。每天给病床上的老伴做营养流汁餐，为老伴翻身、擦洗。因老伴躺在病床上不会动，小便靠导流管，大便都是便秘，不能自排，每周两三次，都是老头用手抠出来。

好奇引起了我的关注，关注让我对这位老头有了初步的了解，了解令我对这位老头产生了敬意。由于这份敬意，我在后面的那几天，与老头见面也多，谈得也多了。

二弟办出院手续那天上午，老头给老太太上好氧气管，跟我讲了邻床的一个故事。

"一个70多岁的脑瘤患者，做完手术，也像我家老伴一样，已经完全没有意识，靠输氧和呼吸机维持生命，经医师会诊确认，患者的症状不会好转，只会越来越差。鉴于此种情况，其子女和老伴商量，决定放弃治疗，让患者走得轻松些。"

老头说到这里，扭头深情地看了一眼插着氧气管，像沉睡一样，始终紧闭双眼的老伴，扭过头来时，眼中似乎潮湿了，没看我，却把头低下，小声嘟囔了一句："我舍不得呀！真舍不得她……"

至此，老头没再说话。不知咋的，此时我也不知说些什么来安慰他。

我和老头呆呆地坐了一会儿，二弟的出院手续办完了，我们该分别了。

与这位老头虽然只是几天短暂的接触，对他们的过往也知之甚少。但是，就这几天，就仅仅看到老头子每天重复着的那些护理老太太的琐碎小事，临分别前那简短的交谈，和他讲的那个极简单的邻床故事，还有那句"我舍不得呀！真舍不得她……"的话语，会让我产生好多好多联想。

于是，仿佛这88岁的老头和那个躺在病床上9年的老太太，在我的脑海里幻化成他们美丽、热烈、纯洁、真诚、浪漫的青春往事。与他们的偶然相遇，我好似在读一个由岁月书写成的大爱大美的爱情故事。

2019-11-26

初识王新陆教授

王新陆，农工党中央常委、农工党山东省委主委，研究生学历、教授、博士生导师、全国著名中医内科专家。曾任山东中医药大学校长、现名誉校长第十届全国政协委员、十一届全国政协常委。2008年1月，当选山东省政协副主席，兼任中华中医药学会心身医学研究会会长、中华中医药学会高等教育分会副理事长、中华中医学会文化研究会副会长、全国易经学会常务理事、中华中医药学会内科学会常委、中华中医药学会外治分会副主任委员、全国中风病学术委员会理事、全国高等中医药专业教材专家指导委员会委员、国家中医药管理局重点学科专家指导委员会委员、世界中医药学会咨询委员会委员、中国中医药报编委会常务委员、山东省防治非典专家委员会副主任、国家自然科学基金委员评审专家、山东中医杂志编委会主任、山东中医药大学著名专家学术经验辑要丛书编委会主任等职。2003年，被评为山东省有突出贡献的中青年专家、山东省名中医药专家。

主要从事中医疑难病症的研究。20世纪70年代习医于山东中医学院，1978 年，师从于全国伤寒名家徐国仟教授，为首批硕士研究生之一，先后出版《脑血辨证》《徐国仟学术经验专家辑要》《王新陆中医内科治疗经纬》(中英文对照) 等著作。

2008 年 6 月，他在央视《百家讲坛》中，以《解读中医》为总题，分为中医之源、中医之难、中医之功、中西之路、中西互补，一共讲了五讲，讲一次一个多小时。

——摘自 2008 年 6 月 18 日人民网

如果说王新陆先生在上央视《百家讲坛》之前，在山东，在中国的中医学界是一位大名人，那么，上了央视《百家讲坛》之后，他则是全国闻名遐迩的大名人，大学者，大专家了。能结识这样的大人物，哪怕我虽有 30 多年从事新闻记者工作，采访若干名人的经历，仍感到是一大幸事，快事。

因王先生与我在美国定居的弟弟有些渊源，2010 年 11 月，借我和报社同仁到山东烟台日报考察学习之机，绕道济南，拜访了王先生。

出于记者的职业习惯，见王先生之前，我做了些资料准备。在网上查阅了王先生的有关资料，认真地，也是津津有味地再次观看了王先生在央视《百家讲坛》上讲的《解读中医》。

这样一位有成就、有影响、有名望的专家，他人生的出彩之处、闪光之点在哪里？我能在这短暂的拜访之中，触摸到、感悟到吗？

王先生很忙。我们中午到济南，晚上同王先生见面。

见面后，我们一边喝茶，一边聊天，你一言，我一语，气氛活跃，其乐融融。我把事先在脑子里储备的有关王先生的资料全都用上，话题涉猎国情政治、历史文化、人生修养、中医保健……王先生的博学、睿智、风趣、幽默，形成了强大的磁场效应，深深地吸引了我。

话语间，我所认为的王先生人生的出彩之处，闪光之点，渐渐在我的意识屏幕上凸现。

——希望与激情融之于心

当谈到贵州省情时，我说，贵州地处西部，边远、落后、欠发达，跟山东比差距很大。他说，他刚率山东的全国政协委员代表团到对口帮扶地区贵州毕节和大方县考察调研时，这里的人民能吃苦，很勤劳，毕节的发展劲头足，速度快。特别是交通，高速铁路，高速公路，投资大，规模大。路通、财通、人通。物流，人流，信息流。边远变通途，边缘变中心。资源富集的贵州，所谓欠开发、欠发达的贵州，劣势变优势，定会后来居上。

还有，他对中医的热爱、执着、实践、推广。对社会病症和人体病症，他都能用心中的希望和燃烧的激情，为其开出良方，妙药。

——勤奋与智慧聚之于身

央视节目组在全国寻找上《百家讲坛》讲解中医的专家时，给这个能客观、公正、全面地介绍中医的专家的定义竟然有六个。

第一，首先你要是中医专家；第二，你是懂西医的中医专家；第三，是一直在从事中医实践的、懂西医的中医专家；第四，除了一直在从事中医实践，还要善于写东西；第五，在保证了前4个要求之上，必须能从中国文化角度，甚至要能从中西方文化差异上来分析中医；第六，要有亲和力，要有好口才。

长时间的寻找，王先生居然能对号入座，六个条件全具备。因此，王先生成了央视《百家讲坛》中系统讲解中医的第一人。

王先生是参加全国统考，作为"文革"后的首批录取的硕士研究生，在医术上、学术上学贯中西，名播中华，著述颇丰。而且，还担任众多社会职务，参与繁重的社会活动。更让人敬佩的是，数十年不辍，坚持坐诊，查房的医疗实践不断线。

这些成就，正是王先生勤奋与智慧聚之于一身的写照。

——谦和与淡定践之于行

虽然，王先生身为省政协副主席，在山东省医学界的地位很高，影响力很大，可是他的众多病人，依然是普通百姓。他始终把自己的人生定位于一个普通医生，把治病救人作为自己的最高行为准则。

上至国家机关要员，军队将军，下至平民百姓，无论地位高低，找他看病，都一视同仁。他总是把为病人治病放在第一位。

有一个例子，那是 2008 年 4 月的一天，正是全国二十多个部委联合组织的大型中医文化推广活动"中医中药中国行"在山东举行启动仪式的日子，时间是上午 10 点半，卫生部的领导专程前来参加。作为山东中医界的知名人物，王新陆自然不能缺席。

他和助手说好，今天早一点去医院，争取在参加活动前能多看几个患者。这一天早晨还不到 8 点，就有 30 多人开始在山东中医药大学第二附属医院等着王新陆了。

8 点半，王新陆比往常提前半个小时来到医院，开始给患者号脉、开方。可等到 9 点半的时候，王新陆抬头往门外一看，还有二三十位患者在等着。他马上给卫生部领导打电话，表示歉意，说自己不能参加活动开幕式了，还有很多患者在等他。

直到快中午 12 点时，王新陆把最后一位患者送走，赶紧赶到会场。

画虎容易，画人难，更何况是王先生这样一位有成就、有地位、有名望的人。而我又仅仅与他只是一面之交，短暂接触，要想很准确、很全面地反映王先生，在这篇短文中是不可能的。但是，就是这短短的一面，就是这不长时间的闲聊天，给我的吸引力、冲击力、影响力却是长久的，难以释怀的。因为，王先生身上所展现出来的，正是我苦苦追寻的人生之梦，是我崇尚的人生价值取向。

正是如此，我就有了写这篇短文的冲动。

2011-01-27

旧金山铛铛车

　　凡去旧金山旅游，导游都要安排去参观当地的铛铛车；去探亲，亲人也会介绍应该去看看铛铛车。这样一来就吊了胃口，增加了好奇心，这铛铛车为何物，人们如此关注？

　　既然到了旧金山，就去观看，去乘坐吧。

　　我每次旅游都有一个习惯，对要去的目的地，都要做做功课，这次也一样。一查资料，这铛铛车还真有故事："旧金山的铛铛车实际上是有轨电缆车，简称缆车，因为这种车靠站停车都会发出摇铃声，所以，被人们称为'铛铛车'或'叮当车'。旧金山的铛铛车从1873年开始营运，至今已经有140多年的历史，是世界上唯一保持公交营运状态的有轨电缆车。据说，当年因为旧金山道路过于陡峭，马车经常出现车祸，目睹惨剧的工程师安德鲁设计了这样的有轨电缆车。这种电缆车与其他城市通过街道上方如蜘蛛网似的电线作为动力的那种电车不同，它的轨道与地面平行，缆绳却是埋在地下的，靠缆绳拉动车厢运动。"

　　这段文字，已经把铛铛车的基本信息介绍清楚了，要详细点嘛，上网一查便知。

　　我看了铛铛车，坐了铛铛车，新奇过后，我似乎感觉到，这个已经有一百多年历史的"古董"，至今能在旧金山这个位

在旧金山这座现代化大都市里，乘上这古老的铛铛车，有如在历史与现实中游走一般，既时尚又沧桑

居全球科技领先地位的现代化大都市保存完好，正常运行，其中的原委不会仅仅只是作为一个观光项目、旅游景点这么简单吧？

旧金山的硅谷，是电子工业和计算机行业的王国，是高科技技术创新和发展的开创者。这里同时拥有谷歌、脸书、惠普、英特尔、苹果、思科、英伟达、甲骨文、特斯拉、雅虎等高科技大公司，融科学、技术、生产为一体，把旧金山称为当今世界高科技创新之都，应是当之无愧。

而铛铛车却和这些公司在同一块土地上，同一个城市，并正常地运行着，其中，会不会有什么关联呢？

陡然间，我想起了铛铛车的发明创建者安德鲁，想起了

1869 年的那个夏天，工程师安德鲁看见陡峭的山坡上，五匹马拉着载人马车，竭尽全力前行，因不堪重负而倒地毙命。这一幕深深地震撼了安德鲁，目睹惨剧感叹于此，他创建了旧金山有轨电缆车。

难道聚集在旧金山的这些高科技公司，不正是和当年的安德鲁一样吗？创造一个又一个科技成果，把人类生活中出现的难题一个个解决，一步步把全人类推向文明的一个又一个高峰，不断地为人类创造美好生活。

我顿悟了，我明白了，维护完好的旧金山铛铛车，140多年还在正常运行的铛铛车，旧金山人津津乐道的铛铛车，是它记录了历史，连接着古今，传承人类文明，弘扬创新精神。所以，人们记住它、保护它、留下它、敬重它。

每当乘上铛铛车，在悦耳的"叮当"声中，穿行于繁华的街道，观赏那美丽的景色，或许，我们正在倾听着人类创造生活、改变命运的进行曲，经受着人类文明的洗礼，滋润着创新精神的雨露。

去吧，去旧金山，看一看、乘一乘铛铛车，在怀旧的时光中，收获励志的激情。

2018-08-11

我不懂音乐，却常常被它迷住

在美国又是 4 个月了，因不懂英语，与老外交流全靠女儿在手机上为我下载安装的一个谷歌翻译软件，很不方便。虽然，有时也会与交流沟通方便的中国人打交道，但是，非常局限，时间长了难免有些孤寂感。

一次偶然的经历，让我对一种不受国度、族群，乃至文字局限的语言有了新的、深刻的认识。我认为它就是人类最美的语言，它是人与灵魂对话的通道，它不但能驱除孤寂，还能陶冶性情，滋养心灵。在异国他乡，我寻找到了这种感觉。

它就是音乐。

说起这次经历，缘于那天晚上，我独自一人去旧金山福斯特城公园散步。

在旧金山福斯特城的城市公园里，每逢节假日，经常有一些活动，在每次活动中，都会有 10 多辆卖小吃的大篷车，摆放成一个临时小市场，像我们家乡的小吃一条街一样。附近的居民来这里买小吃、喝啤酒，度过一个愉快的夜晚。刚到美国，我感到很新鲜，这里离女儿家不远，又能省去做饭的麻烦，在我的提议下，一家人去过几次。去那里最令我难忘的是，每次在靠海边的草坪上，都会有一个音乐大棚，大

是街头歌手，也是闹市之中，一曲《人鬼情未了》，
勾起好多行人的回忆

棚前摆放着一些白色的坐椅。好多人买到小吃后，会在音乐大棚前的座椅上坐下，或在大棚旁边的草坪上铺一块垫子，一家人，或一帮亲朋好友，聚在一起，边吃边听大棚里歌手的歌唱。

那个周末，家里人都没去，晚饭后，我散步去了公园。正是夕阳西下时，一抹金色阳光斜斜地照射在海边的那个音乐大棚上，棚子里正在演唱的老歌手，在夕阳的余晖中，白色的胡须和头发染上了一层亮亮的金黄色。那歌曲我听不懂，但这段旋律随着微微的海风徐徐飘过，在傍晚的夕阳下，在绿茵茵的草坪上，很是迷人。置身此情此景，我身不由己，停下来坐在草坪的一个座椅上，闭上眼睛，任这旋律对心灵浸透、穿越。就这样，那晚，我在海边公园草坪的座椅上，静静地听着音乐大棚里飘过来的一缕缕动人的歌声，那种妙不可言的旋律，弥漫于脑际，犹如清泉从心里流过，我的躯体和灵魂全沉醉、融化在其中了。

这时，我领悟了音乐家冼星海曾经说过的一段话："音乐，是人生最大的快乐；音乐，是生活中的一股清泉；音乐，是陶冶性情的熔炉"，也更加深信"音乐永远是人类灵魂的伊甸园"这句至理名言。

自从这次经历后，我虽然不懂音乐，但对音乐却有了不一样的感情，并常常被它迷住，它甚至已成为我生活中最重要的部分。音乐常常带我与往事干杯，邀我与梦想相会，引我与远方谈心，教我与灵魂对话。我会在不同的环境中，在不同的心情里，寻找相应的音乐，从中收获超越世俗的快乐，宣泄心中的郁闷，接受对忧伤情绪的抚慰，让精神生活更加丰富。特别是那些情景交融的音乐，或在旷野，或在街边，或在公园，或不对任何观众，独自一人的吟唱或奏鸣，只要见到或听到类似的演唱，我就会情不自禁地驻足聆听，像是听一个动人的故事，如痴如醉。

看来音乐不但进入了我的生活，或许已经开始渗透进我未来的生命。

2018-07-15

这里能让你的灵魂静下来

　　我不信教，也不信神，但是，有一点点奇怪的嗜好，在有条件的情况下，我很想到教堂里去静静地坐上一会儿，那里的氛围能让我的灵魂静下来。

　　这个周末，我又想找个教堂进去坐坐，因为那里只有鲜花和音乐，我只想在那个环境中静静地待着，哪怕一会儿。把想法跟女儿女婿说了，他们建议我去旧金山圣玛丽大教堂，下午那里做弥撒。于是，我们一家赶在教堂做弥撒之前到了那里。

　　这个教堂就在旧金山的市中心，周围都是横竖交错的街道，但是，教堂周围都是绿树掩映下的停车场，好似教堂与街道的一道宽宽的戈壁，使200米高的教堂主体显得更加孤傲静谧。

　　旧金山的圣玛丽大教堂，由享誉全球的华人建筑设计大师贝聿铭设计。其设计理念，用完全的现代风格去表现最古老的宗教殿堂，颠覆了传统的审美习惯。1972年，建成后，取得了空前的艺术效果，赢得一片盛赞，成为全美三大教堂之一。

　　进到教堂里，那十字架造型的穹顶，那沿着十字架造型而设计的明暗适当的采光花窗，还有那巨大而简洁的吊灯，把整个教堂的上空引领得空旷、高深、神圣。

教堂的大厅，四周留有很宽的过道，虽然中间有几十排座椅，仍显得教堂空空荡荡。

弥撒刚开始时，整个教堂只有寥寥几个信徒，更衬托出教堂的宁静神秘。偌大一个教堂没有一丁点儿声音，在这个氛围中，任何人置身其中，都会不由自主地减轻脚步，降轻呼吸。

随即，教堂内那架全世界独一无二，最引人注目的巨大管风琴，奏响了音乐，大概是赞美诗吧。那带着浓浓的宗教色彩的旋律在空中飘着，我在教堂中央无人的座椅上仰望着上空的十字架，意识随着旋律飘啊，飘啊。突然间，我脑子空了，静了，气息平缓了。

不知何故，我每次到教堂里，遇到这样的氛围，在只有鲜花和音乐的教堂静静地坐下来，都会有这种醉人的感觉。

不再谈我的感受了，还是去看看让咱们骄傲的华人建筑设计大师贝聿明设计的旧金山圣玛丽大教堂吧。

2017-07-01

故乡那条小河

前几天，我在 QQ 和微信上发了几张我的故乡盘州市老县城 70 多年前的老照片，一位大姐看后，在微信上说："特别怀念以前盘县穿城而过的小河。上初中以后，几乎每个周末和暑假都到那里洗衣和玩耍。"

这位大姐的一句话，还有那张老县城小河的旧照片，把我带到了 50 多年前的记忆片段中。大约是 1956 年至 1957 年间吧，我家和大姐家，就住在这条小河边的同一栋木楼上，我家住一楼，她家住二楼。

那时，我才四五岁，父亲从乡下调到县城工作，我们随父母迁进城。乡下孩子到城里，肯定是傻傻的、懵懵的。楼上楼下，都是孩子，大姐就常带我们到附近玩耍，这条小河，也一定是我们常去的地方了。有一次，大姐把两岁的弟弟带出去玩，弟弟掉到水池子里，差点丢了性命，让大姐挨了她妈一顿教训。我们和大姐家做邻居，大约就一年，父亲又调回乡下工作，我们两家就分开了。这些往事，在我的记忆里很模糊，很多都是后来听老人们讲的。

就因为人生的这段短暂的际遇，半个多世纪，老人们常有联系，我们却一别近 20 年，后来，各奔东西，都记不清彼此的模样了。人生无常，阴差阳错，命运安排，让我们聚了又散，散了又聚。

1973 年初，我当兵退伍回来后，县复退军人安置办把我安置到一个地处深山，远离村镇的大三线工厂工作。我刚进厂才两个月，大姐也从知青点招工，进了这个厂。虽然，幼时是邻居小伙伴，但相处时间太短，又太幼小，且又分别约20 年，没任何联系，见面也不会认识的。还好她带了一封叔叔给我的信，信上说了大姐的情况，要我们像亲姊妹一样相互关照。大姐是"文革"前的"老三届"高中毕业生，分工时，留在厂子弟学校教书。因为，我在部队常写些小文章在部队的小报上发表，就把我分到了厂宣传教育科。我在那个厂里工作了 3 年，后来我参加了高考，读了大学专科。毕业后，就再没回厂了。若干年后，她也调离工厂，回到父母身边。阴差阳错，又相隔 10 多年，我和大姐不约而同考进市里的党校，成了同班同学。两年的学习，我们都留在了市直机关工作，成了同事。退休后，各分东西，一年难见一面。

今天，这张老照片，还有大姐的关于老照片的那句话，又让那些陈年旧事，像电影一样清晰地在眼前浮现。

——那年，大姐结婚那天，不知为什么，我一天都没出门。第二天，做新娘的大姐一人到我家，要请我到她家吃饭。我去了，送她的礼物是一个脸盆和两块毛巾。饭菜都是新郎新娘亲手做的，席间只有 5 个人，大姐的父母和两个新人，还有我。这一生，我参加过大大小小无数次婚宴，独有这一次最是终生难忘。

——20 世纪 70 年代末，很流行圆领元宝针毛线衣。大姐的孩子不到 1 岁，还在哺乳期，大姐的丈夫在部队，她一人又要上班，又要带幼小的孩子。但是，她还是赶在冬天到来前，为我亲手织了一件元宝针圆领毛衣。那件毛衣，我穿了好多年。后来，已经不时兴了，我还把它留着。

——我从工厂到大学，都毕业了，年近 30 了，婚姻还未定。那时，我正和我现在的妻子谈着，但妻子的父母非常反对。大姐知道后，一打听，我恋爱对象的父母正好和大姐的父亲是湖北老乡，于是，大姐安排把我妻子的父母，请到他们家做客，通过大姐父母的努力撮合，我妻子的父母最终同意我们的婚事。

……

就是这些在人生旅途中的聚聚散散，给我们留下了许多难以忘怀的往事，虽然都是碎片式的，但在灵魂深处却又像熠熠生辉的珍珠，又像是情感世界里润物细无声的雨露。岁月将这些故事积淀在生命里，就像故乡的老县城中那条穿城而过的小河，经久不息地从我的心灵流过，滋润着我的整个精神世界，让我的生命丰富而精彩地慢慢变老。

2021-10-19

母爱（外一篇）

那是 40 多年前的事了。1973 年，我刚从部队退伍回家乡，由县里的复退军人安置办，分配到一个三线工厂（671厂）宣传科工作。我们的厂子，在一个距离县城几十里的山沟里，那时候，交通极为不便。那年临近春节的一天，厂里的汽车送货到县城，我搭便车回家。和我一起进厂的一位大姐，托我带点年货回家。当我把大姐要带的年货送到她家时，已是天黑时分。那时，我父母还在离县城 10 多公里的乡镇工作，没有通乡镇的公交车，从县城到家，要么步行，要么找熟人，碰巧搭便车。如果我要步行回到家应该是深夜了。大姐的爸爸妈妈一定要留我在她家住，让我第二天早上再走，盛情难却，我在她家住了一晚。

就是这晚，那位老人让我温暖了一辈子。

那个年代，所有的国家工作人员是没有私人房屋的，住的是国家分配的公房，房子很小，大姐的妈妈就把我安排到单位的办公室去住，把办公桌拼在一起，给我铺了一张床。那夜，我累了，睡得早，半夜里，一阵轻轻的响声，把我惊醒。我在朦胧中，看到大姐的妈妈穿着睡衣，高度近视的她戴着深度眼镜，微驼着背，在窗外映进室内的微弱月光下，双脚试探着在地下移动，双手前后左右地探摸，轻轻地把办

出身名门，儒雅随和的张妈妈

公室的椅子一个个地搬到我睡的桌子边，将我团团围住。冬日的深夜，空荡荡的办公室寒气袭人，我的头都是藏在被子里的。大姐的妈妈却担心着我，怕我从办公桌上掉下来，冒着夜间的寒冷，用椅子将我保护住。

那夜，我睡得很甜，而且，在我人生的数十年间，每当想起那夜的情景，老人的身影就会浮现在脑海里，心里就暖暖的。

另一件是老人去世后，听大姐说的。

这件事发生在老人去世前两年。那时，老人已经是90高龄了，腿脚很不方便，夜间又常起夜，怕老人夜间去到厕所不方便，大姐每晚都将洗净的马桶放在老人床前。也是冬日的一个下半夜，老人在马桶上小便后，腿脚不给力，无论怎样使劲，都不能站起来。这时，孩子们睡得正香，为了孩子们能安稳入睡，老人不愿吵醒孩子们，宁愿自己坐在马桶上，忍受着寒夜冰凉。天亮，大姐醒来，到母亲房间，得知母亲在马桶上坐了半夜，含着眼泪扶起母亲。

每次回忆起老人一生中留给孩子们的种种母爱，在大姐的言语中和心灵深处，浸透出的总是那种令人刻骨铭心的感动。

2009 年，老人以 92 岁高龄走完了她的人生之旅。

但是，我对这位母亲的敬仰之情，在心中将长长地留存，永远不会衰减。

家　风

《母爱》这篇小文章写完后，放了好久都没有拿出去，因为这两件日常生活中的小事，留在我年轻的记忆里数十年没有淡忘，一定是有原因的，我一直在寻找，一直在等待。现在年逾花甲了，回想老人的音容笑貌、言谈举止，总觉得老人是一个很有内涵、很有教养，沉淀了很多故事的人，因此，我总有一种意犹未尽、言犹未尽的感觉。

正在困惑之际，张妈妈的小女婿发了一篇中国政协文史馆提供的资料给我，细读后，又在网上查阅了有关资料，惊奇、惊喜、激动、崇敬等情感一起涌来，趁着这份情感的涌动，急就了这外一篇。

张妈妈的父亲名叫邵保（1884—1928）。据百度搜索和中国文史馆提供的资料记载：

邵保：出身于军官家庭；

少年从军；

毕业于日本陆军士官学校；

晚清举人；

孙中山同盟会的会员；

辛亥革命时期，任湖北民军总指挥部参谋长，武昌起义后期领导人；

为辛亥革命埋葬封建王朝、建立共和国立下汗马功劳；

民国时期，历任中华民国北京政府陆军少将，陆军兵工厂总办，黄埔军校第五期教授部少将副主任；

1928 年，病逝于北京协和医院，年仅 44 岁，追加中将。

这是从那些资料中摘抄的，大姐的外公、张妈妈的父亲最简要的简历。这足以说明，张妈妈是真正的出身名门的大家闺秀，可是，半个多世纪以来，张妈妈一家却心安理得地居住在一个小县城，从未向任何人说起自己的身世。在老人去世之前，曾有中国政协文史馆的工作人员向她收集其父的史料，老人也没声张。

因为，我和大姐曾是一个厂的工人，后来又成了同学，再后来，又在市政府的一栋大楼里当公务员，两家交往数十年，亲如姐弟，与双方老人也常有些接触。1985 年夏天，我

年轻英俊的邵保将军

到北京出差，妻子和妹妹都一块儿去了，那时，张妈妈住在北京的弟弟家，我们就去看老人，在那里，我始知邵家有一大家子人在北京工作和生活，同时，也第一次见到了邵家的好几位亲人，张妈妈的弟弟和她的侄子，还有她已经60多岁的小妹。两天时间，第一天，大姐在化工部工作的舅舅帮我们弄到去中南海参观的门票，从中南海出来，在大姐的舅舅家吃午饭，睡午觉。第二天，张妈妈和她的小妹、外侄又陪我们游了八达岭长城。虽然，只有两天短暂的接触，但是，这家人的平易、亲和、热情、真诚、慈祥、善良，令人感动，更让人难以忘怀的是从他们待人接物、言谈举止中透出的大家风范、儒雅之气。

这是我第一次见到邵家的亲戚，也是唯一一次。

当我与邵家人略有接触，略知邵家背景后，对张妈妈一家的崇敬之情与好奇之心油然而生！邵保，这位历史人物，或许仅仅是邵氏大家族的一个代表，从他的简历，我们看到了一个把自己的理想、生命融入国家、民族命运，顺应历史潮流，推动时代变革，创新人类文明的仁人志士！这样智慧进取的长辈，这样高尚高贵的家风，在这样的家庭环境中成长的后代，血液里、灵魂中一定会流淌和传承着这样的家风，形成高贵儒雅的气质。这种气质，也一定会在他们日常生活的点点滴滴中反映出来。

从张妈妈近一个世纪的人生经历，已彰显了这种家风：从民国初期到现在，社会的动荡，历史的变迁，她养成了低调、善良做人，淡定、隐忍、包容处世的习性，从不把自己显赫的家世当资本，也不把旧官僚、旧军官的出身当包袱，只做一介平民，过正常人的生活。而且，那种浸透在骨子里、灵魂里的家风，以及在他们的精神世界里形成的无形财富、巨大能量，已经是这个家族的遗传基因，并在后代中生根发芽、开花结果。

前面短文中记录的张妈妈的两件小事，还有张妈妈两个优秀的女儿（一个是在政府部门的正县级领导岗位上退休，一个是享有教授职称的眼科专家），两个优秀的外孙女和一个优秀的外孙（两个外孙女，一个在北京国家卫健委工作，一个在国外当教授，外孙是一名检察官）……还有许许多多的邵家人中我不知道的事，这些应该就是这个家风的果实吧，这也应该是我苦苦思索，在等待和寻找中，想获得的答案吧。

2022-01-15

年夜饭——家的味道

　　春节到了，灯笼、鞭炮、春联、鲜花、年货摊，随处可见，浓浓的年味扑面而来。

　　每年的这个时候，我都会生出一种强烈的渴望，就是那餐家庭年夜饭，它不仅是我渴望的年味，更多给我的是浓浓的家的味道！

　　我们家每年的年夜饭，其实就是父亲和母亲的厨艺展示，妈妈做的腊肉血豆腐、酥肉、油炸豆腐、红烧肉、粉蒸肉这几样家常传统大菜是必不可少的，其中的一道压轴大菜，是父亲最拿手的辣子鸡。父亲做辣子鸡，是很讲究的，每道工序都很严格。

　　一是选料。必须要选农民散养的本地鸡种，生长期10个月左右的未开叫（打鸣）的仔鸡。

　　二是宰杀，清洗后的腌制。把鸡砍成适中的小块，用盐、花椒、姜片、蒜瓣或蒜苗、酱油、醋、料酒、糖、八角、草果等10多种调料搅拌后，置入菜盆腌泡约一小时，再进行下一道工序。

　　三是主要调料辣椒的炮制。要求选用又辣又香、肉厚的辣椒，最好是在辣椒成熟的季节，把鲜辣椒打碎后，用菜油炼成油辣椒。如没有鲜的，用干辣椒加水打碎，炼干也可。

至于辣椒和调料的量，就根据食用者的口味偏好来调整多少就行了。

四是最后一道工序，下锅制作。先是把菜油放在锅里烧热，再把腌制好的鸡块放进油锅，两三分钟后，鸡块表面色变，水干，即出锅。热锅里留下适当的油，把炼好的辣椒油再放入锅中在火上稍稍炒炼，当辣椒油在锅里炼得香辣味四溢，颜色鲜黄透亮时，再把过了油的鸡块放入锅爆炒。如果要吃干锅，就放少许水，收汁后装盘，如果要吃带汤的，则多加水至适中，加锅盖，焖至鸡肉熟透，香味扑鼻，装盘，上桌，美味辣子鸡即成。

父亲的辣子鸡一上桌，整个年夜饭就齐了，弟妹们就按分工，放鞭炮、斟酒，父亲举杯宣布，年夜饭开吃，开喝。于是，全家人举杯把盏，欢声笑语，其乐融融。

年复一年，年年岁岁的年夜饭，都能品尝父亲和母亲做的那些地地道道的家常菜。虽然，几十年间弟妹们也都相继结婚成家，独立门户，生儿育女，但是，这年夜饭是一定要全家人相聚的。家的味也成了弟妹们一年的冀盼、一年的向往、一年的回味、一年的记忆，也成了回家的动力。

那些年，我们家的亲情，父母的大爱，家的温暖，弟妹间的友爱，全由这一桌的年夜饭具象化了，一个大家庭好温馨、好亲切、好诱人、好留恋啊！

2013年3月18日的那天凌晨，才82岁的父亲，头天还和我一块儿散步、聊家常的父亲，突然脑溢血发作，进医院抢救无效，没留给我们一句话，也没给子女添任何麻烦，就像风一样，轻轻地离我们而去了。可是，对我们这个大家庭来说，我们心中的那座大山，家里的那个顶梁柱，轰然间倒塌了！

从那年以后，母亲的身体也一天不如一天，腰腿疼痛等老病发作越来越频繁，2015 年底，被迫住了 10 多天医院。虽然很快出院，但是，几十年积累在她身上的那些老病却越来越重，遇到天气变化，会整天地躺在床上下不来。近两年，母亲 90 岁高龄，已经患上老年痴呆症，过去的每次年夜饭，母亲都会把她的拿手菜早早地做好，可是现在，她再也做不了！

虽然，在每年的年夜饭中，血豆腐、红烧肉、粉蒸肉、酥肉、辣子鸡样样都有，可是，多数都是叫的外卖，都是现成的，样子好看得很，或者有些菜出自弟弟或妹妹之手，但是，怎么也品不出父亲和母亲做的味道。

而且，小弟和几个侄儿侄女，还有我的女儿女婿远隔大洋，身居海外，即使春节也难相聚。这个曾热热闹闹的拥有 10 多口人的大家庭，年的味淡了，家的味远了。

这些变化，我不知是社会的文明进步带来的，还是我们大家庭的发展带来的。反正，我特别留恋那些年的年夜饭，想那些年家的味！

每到这时，也特别想父亲做的辣子鸡，特别想父亲！

2022-01-25

那条消失的小路，我又找到了

　　我一直在寻找那条小路，那条父亲踏着它，从小山村走向外面世界的小路。

　　我的老家在云贵两省交界处，是一个叫高家屯的小山村，离县城有 10 多里路。

　　20 世纪 30 年代末到 40 年代初，爷爷除了种地，每年在产油菜籽的季节，都会徒步从百余里以外的云南省罗平县和陆良县一带收购菜籽油，肩挑背负贩到贵州销售，赚钱供父亲读书。为了实现爷爷的愿望，父亲每天早出晚归，来回 20 多里，3 个多小时爬坡上坎，到县城读书。父亲大约有十年的时光，从高小读到中师毕业，都是通过这条蜿蜒曲折的山间小路进城求学。每天从学校回家后，还要帮家里干农活。虽然，那时候他上学的路难走，花的时间长，但是，好多课文都是在来回的小路上背下来的。别看父亲仅有中师学历，但在解放前，他却是这个小山村百余户人家中，最有学问的读书人。

　　就因为父亲读了书，在解放初期就参加了工作，成为国家干部，还担任过供销合作社经理。退休前，经过评审，还获得了会计师的技术职称。

　　虽然，我和弟妹们都是在城里长大，父亲为了培养我们

192

从小吃苦耐劳的性格，在我读小学和初中时的每个假期，父亲都要把我和弟弟送到老家放牛、割草、劳动锻炼。每次来来去去，走的就是这条从小山村通往县城的小路。

我每次只要踏上那条小路，离开县城往乡下走，心情就像放飞的小鸟一样，顿感自由和快乐。因此，这条小路留下了我童年的好多美好记忆。

——沿着小路穿过树林，听到蝉鸣鸟叫，就会走走停停，东张西望，学着鸣叫；路过小溪稻田，见鱼虾游弋，就会弃鞋下水，筑堤捞抓。哪怕还是孩童，一旦投进大自然的怀抱，欢快和愉悦就驻进心间。

——我行走在山路上时，偶遇从山路旁茂密的树林里、草丛中窜出的野兔或长蛇，就会激发出孩童天性，持棍追打，毫无惧怕。在一次次这样的偶遇中，我幼小的心灵里收获了一种勇气与果敢。

——10来岁的孩子，每年若干次在这条山路上行走，爬坡上坎，穿林蹚水，风中雨里，自然锻铸了骨子里的钢毅与硬性气质。

——铺垫在小路上的石头，在漫长的岁月中，经过山民们来来往往千万次地踩踏，越来越光滑。父亲和爷爷常常叮嘱我，下雨天在这条小路上行走，脚上带着泥泞，走过时要特别小心，脚尽量踩在石头与石头间的接缝处，或凹陷处，以防滑倒。随着年龄的增长，我慢慢地悟出，父亲这一辈子在做人做事上，具有规避风险、谨慎前行的智慧，或许是在他正值青少年思想成长过程的关键时期，长年在这条铺满石头，凸凹不平的崎岖山路上行走的结果吧。

……

这些经历，虽然在我的人生中久远而又短暂，但是，它

这条弯弯曲曲的小路，就是父亲当年每天早出晚归，从家乡小山村到县城的求学之路

却十分珍贵又美好。由于对这份珍贵与美好的怀念、惦记，导致我常常想着要去寻找，而这种情感的长期积淀，就形成了我情感世界里的小路情结。

近几年来，我去了老家好些趟，很想去走走儿时走过若干次的那条沿着山坳弯弯曲曲的通向县城的小路。可是，我围着村子转了几次，却见不到那条小路的踪影，只看见那条通往村里的平整而宽敞的柏油马路和连接各家各户的水泥小道。我童年时，走过无数次的那条小路消失了，再也找不到！

即使明知再也找不到那条小路了，可是，我的心里却老想着在老家那个小山村一定能找到，哪怕只是当年那条小路的一点点影子。

不知不觉地，在一次次寻找之中，这种小路情结演化成了一种习惯、一种癖好。对在生活中，或旅途上，见到或走过的小路，总喜欢去品读、观赏、思考并拍照，进而从所见所走的小路上欣赏着它的沧桑、坎坷、险峻、通直、幽深、华丽、曲美，而且，对每条小路都那么深情和痴迷。长此以往，这个癖好，通过一条条小路，意外地把我带进了另外一个精彩纷呈的世界，让我看到了别样的风景。

好像，我要找的那条小路又找到了！

2020-09-19

那箱子老旧书

生活中有些事，从表面上看，相互间没有丝毫关联，但是，把洒落在岁月中的碎片拾起来，排列一下，思考一番，却发现里面又有着紧密的联系，而且，还会让人产生很多感悟，给人以深刻的启迪。

春末夏初，因为疫情，打乱了人类正常的生活秩序，不少人的内心自然生出一种烦躁情绪，同时也催生了对户外活动，对原生自然的强烈向往。于是，当疫情风险降低，生活逐渐恢复正常后，我们就邀约数十个亲朋好友，驱车百余公里，离开市区，前往大山深处母亲的老家"放风"去了。

一行被困城中的人，放飞山野乡村，那心情，像自由的风，像飞翔的鸟，再加上母亲老家那边的表弟表妹把我们一天的活动安排得妥妥的：漫步山地茶园，品味生态春茶，沐浴山巅清风，观赏野花烂漫，品尝农家土菜。这些内容，丰富而有特色。大家游玩一天下来，可谓是情趣盎然，畅快淋漓。

可是，在我的心里，却另有一种震撼：那就是，在与长期生活在这个大山深处小山村中的舅舅舅妈、表弟表妹们，以及他们的子女，这一大家人相见相聚，听讲这个家族的故事，见到他们生活的变化之后，给予我的惊喜！

　　这次离城上山下乡出游的重要原因，是几年前就听说二舅家儿子（当然也是我的亲表弟了），在外打工好些年，家乡到处寻找脱贫致富带头人，村民们"生拉硬扯"，把他选为村干部。为了不辜负家乡人的厚爱，表弟带着妻子孩子一家人回到村里，当起了村干部。这些年，表弟带领同村的家乡父老，成立合作社，利用边远山区海拔两千多米，远离城市无污染的优势，种了几百亩茶园。几年间，研制成功了名为"云山翠露"的原生态高山绿茶，走进市场，供不应求，同时，合作社还种植了数百亩其他经济作物。几年的努力奋斗，村民们脱贫了，好些人家还盖了新房，买了车。表弟作为村干部，作为母亲老家的农村致富带头人，每年都会托人给我带来新茶，所以，我心中早有想去母亲老家看一看的企盼了。

　　这次实地看到了表弟表妹们山上的茶园，家里的楼房，驾驶着的越野车，还有那个翻新了的外婆和母亲曾经住过的小院，眼前的这一切超乎想象的变化，真是翻天覆地。

　　闲聊中还得知，舅舅们的下一代，除了表弟这位农村脱贫致富的带头人之外，在这些表弟表妹，以及他们的子女中，有进城打工开店、摆摊、买房、买车的，有在省内省外读大学、在省城工作生活的、在学校当教师的。粗略了解了一下，母亲和舅舅们的第二、第三代中，有10多个孩子在国内国外读大学，获得博士、硕士学位，并且，多数在国内的一、二线城市或国外生活和工作。

　　此时此刻，所见所闻，我仿佛在这些从大山里走出去的母亲和舅舅们的后代子孙身上，看到了母亲和舅舅们这一代人的影子，并且，意识里还不停地回放着他们在人生的经历中积淀下来的那些难以忘怀的故事。

　　外公去世时，外婆孤身一人难以养活4个幼小的孩子，不得不将母亲和大舅送人领养。母亲不愿被人领养去做童养媳，9岁离家出走，进城去做帮工，自己养活自己。解放前夕，母亲还只是十多岁的女孩，有一个叔伯家的堂哥参加了共产党领导下的盘南游击队，为了牵制着国民党军事力量，在与国民党军队周旋时被困在深山里，母亲居然与伙伴们一起，冒着危险多次给游击队送饭送水。解放初期，20多岁的母亲独自一人在县城里做零工求生存，与父亲自由恋爱结婚成家，含辛茹苦。虽然，没上过一天学，但通过不懈努力，顽强自学，在当地成了小有名气的裁剪缝纫师，和父亲一起把6个孩子抚养成人，晚年皈依佛门，成为俗家弟子，虽识字不多，却能诵读成本的经书。在我的心目中，母亲就是一个奇迹！

大舅、二舅、小舅也是一样，虽然都是地地道道的农村娃，生活在如此艰难困苦的环境，居然在二十世纪五六十年代从大山里走了出去，分别在政府的供销社、粮食局、税务局工作，这在当地也是一个奇迹！

母亲和舅舅们这一代人中，有的在很多年前都已作古，活着的也已经八九十岁了。但是，他们和他们的子孙们，以及整个大家族的奋斗精神和收获的生命精彩，在第二代、第三代后人中继承了，发扬光大了。这是怎么传承，怎么延续的呢？

思索之中，一件陈年往事，突然间从我的记忆库中破门而出。

在我10多岁的时候，外婆曾经给我讲过一个故事，那是30年代的事了。外婆的老家谭家寨遭遇了一场火灾，很多人首先冲进家里抢出来的都是吃的穿的用的。可是，大火蔓延至外婆家时，外公冲进家里首先抢出来的只是一个破旧的箱

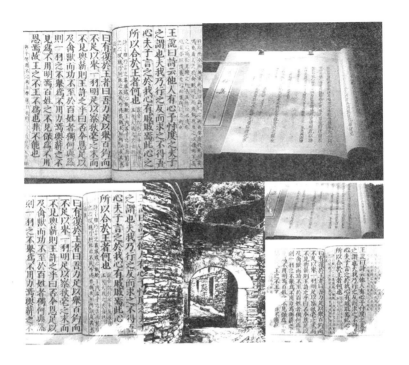

子，当外公欲再冲进家抢其他东西时，大火已经封门，很快，整栋房屋坍塌，什么东西也抢不到了。外婆打开那个箱子一看，里面全是满满的一箱旧书，因为，外公是读过几年乡村私塾的人，他对书是有感情的，他首先去抢那箱书，我当然很理解。可是，外婆面对被大火烧光的残垣断壁和一堆灰烬，再看看身边的孩子和这一大家子人，顷刻间就一无所有了，当时外婆就哭了。从此以后，外公外婆为了养家糊口，一直在忙碌中求生存，家中没钱，更没有能力供妈妈和舅舅们读书。但是，外公却常常忙里偷闲，去翻看那箱书，有点时间就会给妈妈和舅舅们讲讲书里的故事。

　　我没见过外公，但外公和那箱子老旧书的故事，却从小到老珍藏在我的记忆里，并伴随着我的整个人生。

这次，回外婆老家，看到了，听到了，母亲和舅舅他们这个大家族的兴旺，我脑海中陡然间冒出一个想法，这一切，应该与那箱大火烧不掉的书，有某种紧密的关联。甚至，我在母亲和舅舅们身上，在他们的后代身上感觉到那箱老旧书散发出的书香气息，辐射出的能量，已经流淌在他们的血液里，镌刻在他们的灵魂中，并化成无尽的养分，源源不断地输送给这个家族和这些后人。

或许，这就是这个家族枝繁叶茂、茁壮成长、兴旺发达的根源吧！

2020-07-04

第四辑

风

景

春天的祝福

最美人间四月天，柳绿花红，大自然用鲜艳的色彩告别初春的寒冷，把万物带进深春的温暖，将一年四季中最美的季节奉献给人类。这些时日，微信朋友圈内鲜花绽放，五彩缤纷，晒出了家乡那些盛开的鲜花照片：城中樱花，山里杜鹃，纷至沓来，令人眼花缭乱、应接不暇，把浓浓的春意表现得淋漓尽致。每当欣赏这些鲜花照片时，都感觉收到了朋友最真诚的祝福。每当四月鲜花怒放之时，我意识到这是春天对人间最美的大爱！

我曾对一位友人说过："爱花的人爱美，爱美的人热爱生活。"虽然，我暂时远隔重洋，身居异国他乡，但是，互联网把地球变小，把家乡拉近，我天天刷屏，被朋友们传递的浓浓春意深深触动，被他们热爱生活的激情深深感染。

人们用花来闹春，用花来祝福。我也被搅得"春心"萌动，在旧金山拍了些美国"洋花"，晒在网上，凑个热闹，也算是向春天表示爱意，向圈中朋友致以春的问候和祝福！

2019-04-11

孤寂之美

有人这样形容旅居欧美时的感受："好山好水好寂寞"，这话一点不假。我每年都要去美国，在女儿家住，多则四五个月，少则两三个月，无论是在洛杉矶，还是在旧金山，那里的空气质量，居住环境都很好，生活也很便利。但是，由于语言的障碍，我们的社会交往圈子是在国内，加之这些国家人口密度本来就小，如果孩子上班走了，就只剩下两个老人，确实有一种孤独感。时间长了，人总得找点事情来度过那段孤独的时光。看电视、看书、写点无聊的文字，时间长了，眼睛、脑子都会疲倦，真的是寂寞又无聊。

大概在旧金山住了一个月吧，在这些日子里，我看书疲倦了，眼睛模糊了，思绪茫然了，无所事事了，真的很无聊了，烦闷了，就一次又一次地站在阳台上，面对着同样的一个景，面对门前的那汪水，还有对岸的那排掩映在绿树丛中的住房，有时眼睛呆呆的，脑子空空的，一站就是10多分钟，甚至半小时。

那时，我真担心，难道这是老年痴呆症的前兆？

就在那一天夜晚，我在看书时，读到美国著名作家梅·萨藤《独居日记》中的一段话："如果一个人专心致志地瞧一朵花、一块石头、一棵树、草地、白雪、一片浮云，这时启迪性的事物便会发生。"

第二天清早，当天边晨曦微露，我心中默诵着梅·萨藤的那段话，并专心致志地站在阳台上，凝视着看过若干次的那汪水、那片房、那丛树、那群水鸟、那片蓝天、那抹白云……

豁然间，眼前的这一切"启迪性的事物"发生了。昨天在我心里习以为常的事物，今天却全是满满的、厚厚的内容，这些看似简单平凡的事物，在不同的气候、不同的时段中，都会向你讲述着不同的故事、呈现着不同的画面，永不停歇地给这个世界输送着能量与养分，每个人都可以用他拥有的知识、经历、智慧、情趣从中获得滋润生命的营养，燃起生命的激情。你看：

就是昨天的那汪水——

今天却是那么多情，她用她特有的柔情，把天地草木、人和动物融为一体，幻化成有生命、有活力、有激情，色彩斑斓、绚丽多姿的世界；

就是昨天那片房——

今天却那样阳刚，他用他男性气质的雄壮，点缀在碧水荡漾、草木葱茏间，使得两岸环境刚柔相济，自然美丽；

就是昨天那丛树——

今天却展现出期待了一个冬天的生机，前几天还在晚冬的寒风中瑟瑟发抖的枝条，当春风吹来，她换上绿色的新装，戴上鲜艳的花朵，让大自然激情燃烧，把一个美丽的春天送给人间；

就是昨天的那群水鸟——

今天起得格外早，它们游弋在如镜的水面，寻觅着一天的美餐，勤奋的身影给人热爱生活的激情和力量。身后泛起的微波，传递出的动感，不仅仅是给水面带来生机，还让那汪水，那片景活了起来；

就是昨天那片蓝天——

今天用她博大的胸怀，从怀中捧出红红的太阳，让阳光普照大地，给世界生命的源泉，为万物输送光和热，缔造着世界的精彩！

就是昨天的那抹白云——

今天她戴着美丽的朝晖，飘在离地面很近的空中，放大着阳光的色彩，引领着地平线下边的太阳徐徐升起，用不断变换的光谱，为人类绘制着每时每刻变化无穷的绚丽斑斓的世界。

……

梅·萨藤啊，你太伟大，你一段话居然让我读懂了这么多的事物，收获了这么多精彩，再一次让我的生命之火熊熊燃烧。我哪还敢孤单寂寞，哪还有空虚无聊，只能是争分夺秒，只争朝夕，专心致志去研读、消化、品味、吸收那些启迪性的事物。

来，让我们一起去读读这些我认为有启迪性的景象吧。

2017-03-24

旧金山的云

旧金山市位于美国加利福尼亚州的北部，同是美国西海岸，靠南的洛杉矶和圣地亚哥一带称为南加，而靠北的旧金山一带就称为北加。这次到旧金山快 10 天了，大部分时间都是阴雨绵绵，天空被厚厚的云层笼罩着，早晚的温差太大。此时，从阳春三月的中国南方，来到大洋彼岸的北加，"乍暖还寒时候，最难将息"的感觉更显贴切。

进入 3 月下旬，天气转好，一下子就冒出"换了人间"的感觉。不知为何，空气中一点杂质也感觉不到，透视度极佳，使得那飘在蓝天上的云朵，像画师在画布上画的一样，再衬以地面的深蓝海水、青青草地、郁郁树荫、鲜艳花丛、整洁建筑、闲散行人，随处看去，就是一帧帧美丽的风景画。在这些画面中，那些千姿百态、变化万千的朵朵白云最抢眼、最动人。

这些天，这些云，让我沉醉，让我着迷。我会长时间待在户外，坐在水边的椅子上，或竖立在一朵云下，或在一块空阔的草坪上，时而仰望天空，观蓝天中的云卷云舒，时而眺望远方，把蓝天白云和绿树、鲜花、碧水、草地、房舍、行人装进眼里，组成画面，印在脑里。尽情地享受着大自然的馈赠。

　　女儿见我这么大年纪了，面对这司空见惯的云，居然还会这么兴奋、这么激动、这么痴迷，感到有些不理解。她告诉我旧金山属地中海气候，城市集中在一个南北走向，三面环海的长形半岛上，随着气温的变化，海水蒸发出的大量水蒸气变成空中的云雾，天气晴朗的时候，湛蓝的天空中总会有各种各样的云。

　　我对女儿说："我之所以热爱生命、热爱生活，就是因为每一天对我都是新鲜的，我对每一天充满了好奇、充满了期待，我努力地去品味每一天，去享受每一天。""每一天，每一个方向，飘过的每一片云，形状都不会重复，而且，随着早晚时间的变化，太阳光照射的角度不同，云的色彩就会变化无穷，奇妙无比。面对大自然的如此美景，我当然会用不衰的激情，去发现、去品味、去欣赏、去享受！"

　　因为，我来自一个山地省，我们的城市在大山中，我们又生活在高楼林立的钢筋混凝土丛林里，不但见不到地平线，哪怕留给我们的天空都很有限。当我一下子来到万里之外的这片辽阔天空下，又看到这么多美丽的云，这种反差带来的新鲜与新奇感，自然会诱发我的兴奋、激动、痴迷。

　　当然，这些天，我的手机里也装满了我在不同地点、不同角度拍下的云的照片。

2018-03-31

梦见大海

昨晚，我梦见，大海边有我居住的一栋小屋，天天"面朝大海，春暖花开"。

因为，我出生和成长在大山间，所以，当我数十年前第一次见到大海时，大海就嵌进了我的梦中，融入了我的生命。从此，诗人海子的诗句："面朝大海，春暖花开"的意境，幻化成一幅清晰的画面，刻在了我的脑际，从此，大海经常出现在我的梦里。

于是，我在阅读书籍的时候，所有描写海的文字，就会格外引我注目。每到海边，看见那些无畏的海鸥在汹涛涌浪上飞舞时，在我的脑海里，就会浮现出高尔基在《海燕》中描述的画面；当勇敢的冲浪人在排山倒海式的惊涛中冲浪时，在我的眼前，就会幻化成海明威《老人与海》中描述的情景……也正因为如此，我特别迷恋大海，向往大海，只要有机会，每年我都要怀着无比敬畏之心去朝觐大海，去感受大海宽阔、包容的胸怀，去体会大海在风雨雷电中展示的坚持，去领悟大海那滔滔不绝的涌动所创造的能量，去认识大海对人类无穷无尽的奉献。而且，每当我面朝大海，思绪都会随着季节的变化、气候的变化、地点环境的变化、时间的变化而有不同的感悟、不同的收获。

　　风和日丽时的大海，营造的是宁静温婉，呈现的是柔情
与优雅；

　　暴风骤雨时的大海，掀起来的是惊涛骇浪，展示的是威
猛与雄壮；

　　朝阳东升，夕阳西下时的大海，东升带来的是希望和梦
想，西下留给的是精彩和辉煌；

　　涌动不歇、涛声不断时的大海，低吟是入睡的摇篮曲，

呼啸是人生的冲锋号。

……

正是大海所拥有的这些精彩而丰富的内涵，无穷无尽的变化，让我着迷、让我向往、让我魂牵梦萦。

如果我的梦能实现，在海岸边拥有一栋自己的小屋，能时时与大海为伴，每夜都是海涛声把我送进梦乡，直到终老，该有多好。

2017-03-24

那场雪一直在心中飘着

南方人很难见到下雪，有些年整年都见不到雪，即使有时冬天下雪，也很短暂，只有一天，或仅仅几个小时，更或瞬间。物以稀为贵，每当大雪降临，虽然仅仅是稍纵即逝的景象，但是那些美得醉人的画面，都会久久地留在我心中，并像雕刻一样，深深地印在记忆里。

今年，刚进入冬天，整个 11 月份，地处云贵高原乌蒙山区的凉都六盘水，真正展现了她固有的"高寒山区"的本质特征，几乎天天都是细雨霏霏、雾霭茫茫、寒气浸骨。房屋、路面、树叶、小草都湿漉漉的，就像刚洒过水一样，摸到什么地方都是水沥沥的，出去游一圈回来，好像外衣都能拧出水来。

12 月 4 日那天，气象预报夜间有雨夹雪，气温降至摄氏 1 至零度。我在取暖炉边读一位老友新出版的小说《情荡红尘》，故事很吸引人，至午夜未眠，眼花到窗前稍事休息，透过窗户看出去。啊！屋子外，明亮的灯光下，纷纷扬扬的大雪，尽情地在空中飞舞，街道路灯的光芒，把那些飘飘洒洒的雪花映射得亮晶晶，分外夺目。

在我的眼里，那些飞舞着的雪花，就是一群有生命、有情感的洁白精灵，它们成群结队，络绎不绝，从天上带着喜悦和欢快，纷纷降临人间。

不一会儿，屋顶上、树枝上、草坪上、道路上，停在院里的车身上，已是白茫茫一片。

大自然的大美令我激动不已，虽是子夜，我立即奔上楼顶小花园，竖立在雪地上，闭目仰天，让雪花轻轻地飘落在脸上，尽情享受着雪花在脸上融化的过程。那鹅毛似的雪花虽然凉凉的，但我接收到的是一种抚摸的感觉，而且，有一股淡淡的暖意流入心田。我大口大口地深深呼吸着这场雪带来的清新气息，一种莫名的愉悦充盈心胸，整个人完完全全沉浸在愉悦之中。美是精神世界的食粮，大自然是美的源泉、美的宝库，这就是大自然馈赠给人类的精神养分啊！

那个夜晚，从飞雪中回家的我睡得很甜，梦中也在飘着美丽的雪花。

第二天清晨，来不及洗漱，我就急匆匆赶出家门，奔向银白色的世界。

当我兴奋地冒着雪花，踏着积雪漫步在水城河边，走进六盘水师范学院校园时，一路上，已经有许多男男女女在漫天飞雪之中拍照、赏雪。反复欣赏，依依不舍。

于是，我就把自己喜欢的照片选出数张，和着这些想要说的话，凑在一起，像陈年老酒一样，留下来慢慢地品尝。

很奇怪，每次翻看这些照片时，那场美丽的雪，就会同时在心中纷纷扬扬地飘着，飘着，飘着……

2019-12-12

那片绿，那汪水，那群人

生活中的变化与更新，是生命系统中最为活跃的元素。一日重复一日，一成不变的生活，一定会让人失去希望，淹没激情，疲倦不堪，加速衰老。人生就是这样，有梦想、有变化、有眷恋、有牵挂、就有内容、有希望、有精彩、有激情、有生命力。

退休后这三五年，因女儿在美国留学和工作，每年都要到美国三五个月。不知不觉间，这次来美国又是三个多月，过两天就要回到那片常在梦中出现的故土，见到常在心里想念的亲人了。

每次的来来往往，由于时空的变化，环境的改变，总有一些印象深刻的，值得留在记忆中的遇见。这些遇见的积淀，丰富了我的人生经历，绘制了我生命的精彩，增添了我生命的活力。

这次在美国小住期间，那片绿、那汪水、那群人，又让我的情感世界里增加了库存量，精神生活中又多了好多的眷恋、牵挂、期盼。

那片绿

旧金山湾区南湾，是世界上最知名的硅谷中心地带，因世界顶级大型高科技公司云集于此而闻名。女儿在靠南湾的福斯特城和红木城都住过，这两个地方都在硅谷的大范围内。未到硅谷时，原以为这么多公司云集，这里应该是高楼林立，人流如织，但是，当到实地一看，却是另一番景象。

我在这里住的这段时间，除了每天早上和下午开车接送小外孙女外，上午和晚饭后，都要步行去住宅小区周围，或湾区内海边，或附近的公司园区走走。虽然，地处国际大都市，但是，所到之处，无论是居家小区，还是公司办公场所，要么是古树参天、枝繁叶茂，要么是鲜花盛开、绿草如茵。间隔都不远的大小公园，星罗棋布，多数里面网球场、足球场、活动室与儿童乐园等设施一应俱全。天上鸟儿来来往往，自由飞翔，林中野兔、松鼠窜来窜去，不但没有想象中的大都市影子，反而像一个巨大悠闲的避暑山庄。

通过有关查询系统查询得知，这里被古树和绿色植物覆盖的面积远远超过道路和建筑。而且，除了极少几栋10来层高的公司办公楼外，绝大多数建筑都掩映在高大古老的树丛中，较为宽阔的地域多是修剪整齐的绿色草坪。

那片绿啊，留在心中，就是一块净地，就会滋生出宁静的心灵状态。

那汪水

无论福斯特城还是红木城靠旧金山湾海边的区域，其水域面积远远大于绿化面积和建筑面积。这些伸进旧金山海湾里的半岛，是从 20 世纪 60 年代开始，在旧金山湾的沼泽地上填海造地，形成人工半岛，再逐年发展，建成了一座座风景秀丽的"水城"。她有温和的地中海气候，温暖干燥的夏季，凉爽湿润的冬天。随着季节的变换，各种候鸟轮流迁徙至此，与人和谐相处，营造出这里独特的生态环境，形成独具魅力的风景线。

由于水域面积宽广，使得临水而筑的民居小区特别多，因而就有了很多价格昂贵的水景别墅。多数水域，均可行船，常常有很多水上运动爱好者，在这里举办各种水上运动赛事。帆船、划艇带着运动者的勇敢，向周边居民和路人传递着健康的能量。这些在围海造田时就规划设计完成的水域，纵横交错，交织穿插在各住宅小区之间，因而这里也被誉为美国的"威尼斯""加州水都"。

每天漫步于这个美丽的环境，不能不说，是一种身心俱佳的享受。

那汪水啊，只要存于记忆里，就是营养丰富的精神养料，就会长久地浇灌着你的精神家园！

那群人

前几年来美国，除了周末孩子们不上班了，一家人出去走走，逛逛景点，到商场购物，平时帮忙照看孙女，做做家务活，基本不与外界接触。这次孙女进了幼儿园，亲家在回国交接班时，把我和老伴拉进了他们之前建的中国大妈大爷微信群。参与了几次集会聊天活动，认识了那些因为儿孙来自中国的大妈大爷。

在每周二、周四的聚会时，除了一帮大妈们集中学太极

这些运动者像似与水鸟竞技，其实，他们都是
这汪水的风景

八段锦，跳跳广场舞，交流康养保健心得等老年话题外，另
一帮大爷们见面就谈天说地，闲扯国内国外事，时而闲聊个
人经历、人生体会、儿女近况。于是，我认识了这些大妈大
爷，并记住了他们。

德高望重的湖南孙先生，虽然年近80，但每天在群里都
会看到他转发充满正能量的微信；热情大气，酷爱运动的李
太太，是群中的灵魂人物，她久居美国，语言道路都通，组
织群中人跳舞运动，带队乘公交车进市中心唐人街逛街，购
物都靠她；高大帅气的上海柏先生，与我同住一个小区，常
常巧遇同时出门散步；古道热肠的安徽崔先生，在小区内散

步，相互一个点头就认识了他，他还领我到小公园与群友见面；国防科大退休教授张先生，居然是和我一同参加了 77 年高考读大学的同届，自然亲近了许多，更为他日行两万步点赞；人称"虎奶"的东北大妈，一人带双胞胎孙儿，一人包儿子家务，还教会了我老伴做东北馒头；仅从微信中见了她美美的照片，感知她对美的敏感、热爱、认知，一定是个热爱生活的知性大妈，网上见她拍的照片，未见其人但已享受了那照片传递的美；还有那对来自桂林的大妈大爷，路上遇到，告之星期二、星期四小广场见，遗憾，明天我回国了，只能下次见吧……

还来不及对上号，接上头的很多。

嘿！这帮大妈大爷，别看都是些七老八十的退休族，当与他们一接触，他们的人生经历，他们的生活积淀，他们储存在思想里的智慧，他们的故事，以及他们的"三观"，兴趣、爱好、经历、修养等背景，在与大家闲聊间，不知不觉表露出来。这些厚积薄发的人生闪光点，在他们的谈吐中熠熠生辉。这些宝贵的精神财富，不但拓宽了我的视野，增长了我的见识，还把我领进了又一个精彩纷呈的世界。

明天，我就要回国了，那一片绿，那一汪水，那一群人啊，真让我难以忘怀，它唤起了我对美的认知与迷恋，它激起了我对美的热爱和向往。

2019-05-21

我还想去看日出

我从小一直生活在贵州，这是我国唯一一个没有平原的山地省份，在这里也看不到地平线，当然也就看不到太阳刚从地平线上升起的瞬间美景。

如今，传播途径多又快，旅游出行方便又热门，那些在网络视频上、媒体图片上、电视剧集上出现的日出景象，比比皆是，更加强化了我内心想去看日出的企盼。

人有一种本能，越想要而又得不到的东西，越稀罕、越珍贵、越向往、越渴望。

因此，能亲眼看到太阳从地平线上升起的情景，就是我无数次的奢望。

近年来，因女儿在美国加州大学读书，我又已经退休，往返美国也有好多次了。读书时，女儿住在洛杉矶，是美国的西海岸，虽然没有很高的山峰，但是，每天太阳从东边升起时，都是从离海岸线远远的后面那排山后升起，加之住处那些郁郁葱葱的树木，高低错落的建筑遮挡，也没有看过一次完整的日出。

其间，我们去海边看过几次日落，落日余晖下，那些海滩涌浪、云层色彩。魔幻光影留给我的震撼，让我对观看日出的愿望加倍强烈。

　　今年6月初，我和家人去了黄山风景区，因为事先做了些功课，可以观日出的黄山光明顶是黄山著名景点。我们为了看日出，就住在光明顶，凌晨四点起床，登高守候观看日出。但是，天公不作美，那厚厚的云层老是散不去，苦等了3个多小时，从黑夜到天明，太阳都没露面。

　　这样一来，想看日出的愿望不但更加迫切，反而在心中生成了一缕深深的牵挂。

　　这次来到旧金山，在网上看到群里中国大妈大爷们发的一些美照，再在谷歌地图上查看了我所在的位置，正好在湾区内海的边上，离内海仅10多分钟路程。既然这么渴望观看日出，当然要做点功课，查百度得知："夏季太阳直射点在北半球，太阳从东北方向升起，西南方向落下，旧金山日出时间，早上6点。"从女儿住的小区，穿过一条马路，即到内海边，隔海向东北方向正好是观赏日出的好地方。于是，早上5点半，我准时起床，洗漱完毕，悄悄走出门。路灯还亮着，我独自一人，在清晨的微曦中，迎着凉爽晨风，踏着湿润朝露，匆匆往海边走去。

　　约5点50分，走到内海边的堤坝上，已看到东北方的天际边那抹云微红，发亮。

　　不知不觉，我沿着那条由南向北延伸的堤上小路，向北，向着露出亮光的方向前行。

　　天边那抹云越来越红，天空越来越亮，平静的海水泛起了淡淡的红光，小路边的小草，像从梦中醒来，也渐渐地清晰起来，浅海滩涂，湿地草丛一下子全出来了！不远处的草丛里还不时地跑出几只野兔，这光把眼前的一切全唤醒，全激活！

　　6点整，那抹红云由深红变成鲜红，而且，带动了周边云朵，映照了天空。几秒之内，云层的后面，跃升出半边红日，顿时霞光四射，天地大白！

这几秒钟的经历，我全神贯注，如醉如痴。当太阳露出云层，阳光普照大地时，我真的激动得不能自已，时而像飘，时而像飞，这是我第一次亲历日出的过程。

我读过许多名家描写日出的文字，看过很多摄影师拍摄的日出照片，都没有这几秒的感受深刻。

日出的过程，是从黑暗走向光明的过程，是一个轮回的开始，它用灿烂唤醒世界，给予生命，告之未来。在这个过程中，我强烈地感受到，太阳给整个世界带来的能量、带来的生命、带来的活力、带来的希望……

这次在旧金山湾区内海的浅海边观日出尚且如此，那么，在辽阔的大海边，在险峻的高山之巅观看日出，又会是什么样子呢？

我好期待啊，我还想去看日出。

2019-06-28

想 云

这些天，由于天气原因，我的思绪经历了一个由抑到扬的过程，想想还有点意思，就把它用文字记了下来。

有人说，"不管春夏秋冬，六盘水一下雨，就是冬"。这些日子，本是阳春三月，应该是春暖花开的季节了，但恰逢细雨霏霏，浓浓的云层把天空压得低低的，寒湿之气浸透心底。此时此刻，给人的感受是：冬天也不过如此了。

这种天气已经持续整整一个星期了。人是天地间的一个物种，肯定会受自然环境的影响，整天穿着厚厚的衣服，出门就受着阴冷潮湿的侵袭，心情就会不由自主地随了天气，阴沉沉的。

人在清冷低潮时，会想很多平时不怎么想的事。这些天，我就老想着我生活了几十年的这块土地，想了她的过去，又想她的现在，还特别想她在阳光灿烂的日子里，那蓝天上飘过的美丽云彩。

六盘水市中心城区属于原来的老水城县城所在地，历史上是贵州省出了名的"高寒山区"。近半个世纪以来，因这里有煤，又逢国家的"大三线"建设的战略政策，这里成了开发的热土，数十年间，煤炭、电力、钢材、水泥四大支柱产业，催生出了六盘水市这座新城。

当全世界能源市场发生了变化，当有限的煤炭资源逐渐减少，六盘水市面临着转型之时，全球气候变暖是世界关注的焦点。但是，六盘水市的夏天平均气温19℃，却又成了人们关注的热点。于是，"中国凉都"的品牌应运而生，这也自然地成了六盘水的一张名片。而六盘水作为消夏避暑旅游城市的定位，使其由能源开发工业城市，转型为气候型旅游城市，这就完成了华丽的转身。

虽然，有了"中国凉都"这块牌子，这里的夏天也被神话成了"天堂"，但是，每遇阴雨绵绵的天气，它高寒山区的秉性就显露出来。潮湿阴冷，寒气逼人，上了点年纪的人，好多老毛病就在这时给逼了出来。冬天有雨、有雪、有冻时，这种情形更甚！

每到这时，我就为那些一到冬天当候鸟，逃离六盘水的人找到了答案。

好心情常常会使人忘记美好，而坏心情却常常使人记起美好。

虽然，这些天细雨纷飞、阴冷潮湿、寒气浸人，或许就是因为这种天气，让我心中飘起了保存在美好记忆中的那些美丽动人的云……光想还不过瘾，干脆打开计算机中的相册，那些曾让我着迷、沉醉的云，虽然云卷云舒、瞬息万变，但我用相机把它最美的瞬间留下了。那一幅一幅、一片一片、一朵一朵，多姿多彩、色彩斑斓的云又吸引了我，迷醉了我。看着看着，我的心情由阴转晴，豁然开朗，满脑子尽是蓝天白云……六盘水的天还没有晴，我的心却成了艳阳天。

2019-03-18

元旦飞雪

2018 年 12 月 28 日至 2019 年 1 月 1 日，一场美得令人窒息的飞雪从天而降。这些天，虽然时阴时晴，缠缠绵绵，但是，这场 2018 年的最后一场雪，同样又是 2019 年的第一场雪，给了六盘水这座小城一个在辞旧迎新之际的别样风景，她是 2019 年元旦，大自然馈赠给我们的一份礼物。

12 月 28 日晚，当雪花刚刚飘起，我就冒着纷飞的雪花走出家门，在住宅小区院子里，仰望片片雪花，任其飘落脸上，尽情地享受着凉凉的雪花带给烫热脸颊上的那份淡淡的温柔。

意犹未尽，我又漫步于街头，看那些头上、肩上撒满雪花，匆匆而过的行人。自己还伸开两个手掌，接着洋洋洒洒飘来的雪花，感受着雪花在手中融化的瞬间快意，那情那景，真是惬意极了。

从飞雪来到这个城市的那天开始，我每天最想做的一件事就是走近她，亲密接触她，手机里填满了她靓丽的身影，脑海中储满了她迷人的画面。无论我观雪景，还是拍照片，其实，这一切就是为了欣赏飞雪之美，感悟雪花内涵，学习白雪品格。

我之所以对白雪情有独钟，如此迷恋，均源自 5 年前我

们这个小城的那场大雪，以及因那场雪女儿说过的那些话。

　　2013 年冬天的那场大雪，一直留在心里。记得在美国留学的女儿刚好回来，头天晚上的寒冷使我们早早地就龟缩在家里。第二天早晨，一起床，灰暗了好长时间的冬天，突然间亮堂起来，推窗一看，白茫茫一片，街上、房顶、楼下停车场的车身上，全被白雪覆盖。这白雪原本是冰冷的物质，可是给我们的感觉却恰恰相反，这时的她，使我们激动、兴奋、热情。我和老伴、女儿都说要走进雪里去。于是，一大早我们就驱车到城郊的森林公园踏雪，又到明湖环湖步道漫步，一家人在满山遍野铺满白雪的银色世界里、情趣盎然，赏雪景，拍照片，相互诉说着对亲情的相思，听女儿倾吐着对故乡的眷恋，抒发着品读雪景的感悟。

那天，那场雪的美给我们一家人的快乐，至今历历在目。更让我难以忘怀的是，那天，女儿在飘雪的美景中所抒发的那些对白雪的理解和感悟。

——当女儿看着一夜纷飞的落雪，使整个城市的街道房屋，还有那满山遍野的绿树野草都变得白茫茫一片时，她激动地说："这白雪真伟大，她把那些垃圾、污垢、腐朽，全覆盖了，淹没了。她把这世界变得如此纯洁，她用这洁白展示着自然的纯净，用这纯净清洗着人的意识，引导着我们的思绪走向纯真美好的精神高地。"

——当女儿冒着纷纷扬扬的飞雪，伸出双手接住空中飘来的雪花，雪花在温暖的手心融化时，她对着雪花感叹："给点温暖，她就化成水，滋润你的肌肤，浇灌脚下的大地。这是回报，这是感恩。"

——突然间，一阵清风拂来，那些漫漫飘落的雪花，借助风力，向着高空，向着远方，尽情飞舞。女儿又说："给点动力，她就满怀激情，浑身是劲，奋力飞翔。这是心有梦想、不囿现状、向往美好、有机就动，好积极的生活态度啊！"

……

看似在赏雪景，其实女儿是在思考人生，她那天的独特感悟，以及对大自然的热爱，对飞雪的深情，给我留下了很深的印象。

5年了，每到冬天，我都渴望有这样一场雪，能再现那天一家人其乐融融的景象，能重温那天飞雪给我们对人生的启迪。

　　新年伊始，就遇这场大美之雪，面对每一幕迷人的美丽雪景，我如痴如醉地思考着那些画面给我的人生感悟，回忆着生活留下的美好，想着远方女儿幸福的一家，营造着对未来的向往……我感谢生活，她给我的这一切，真美！真好！

2019-01-03

我看到了最美的春天

　　阳春三月，春分一过，城市里的街道院落，远方的山坡田野，春风吹拂，春阳普照，春暖花开，杏花、李花、桃花、梨花、樱花、杜鹃花……千树万树，千朵万朵，各种鲜花在万物复苏中相继盛开，争相斗艳，春花烂漫，春光无限，好一派生机勃勃的春天景象。

　　这个季节，对走出家门的冲动，对大自然的向往，对美好春光的渴望不言而喻！疫苗注射了，管控放松了，疫情消退了，春花怒放了，人们不走近春天才怪呢！于是，不只是景点，凡是春花较为集中成片的地方，赏花踏青的人们都纷至沓来，人潮涌动。

　　当然，我和家人更不会错过这个美好的季节，也汇入了踏青赏花的人群，一起走近春天。

　　3月29日，星期一，我和二弟有意错过周末的人流高峰期，午饭后，趁天气晴朗，春光明媚，把90岁高龄，已患老年痴呆症近两年的老母亲，从二楼携扶下来，坐上轮椅，沿着城中水城河那条樱花步行道，推着母亲在樱花树下，一路观赏盛开的樱花。一边走，一边停，一边看，每看到开得繁茂的樱花，二弟就会把轮椅停在树下，指着那粉红色的樱花，凑在听觉已经不好的母亲耳旁，大声说："妈，你看那朵花好

90 高龄的母亲
与年近 70 的儿子

看吗？"自从母亲患病之后，母亲对家人，包括自己的亲生子女都不认识了，所有的往事全部记不得了，过去特爱唠叨的母亲，近两年基本上不言不语了。但是，当二弟指着那在春风里盛开的一树树粉红色樱花时，母亲先是呆呆地看着，慢慢地，她笑了，还开口说话了："哦，哦，好看，好看得很！"

此时，看着母亲的笑容，听着母亲开口说话，我在惊喜之余，仿佛随着母亲的笑容回到了我的童年。眼前浮现出在20世纪 60 年代初，国家处于困难时期，虽然我们全家是非农业人口，凭购粮证购粮，但是，因为副食品匮乏定量粮食不够吃，春天，母亲就带着我们兄弟姊妹上山采野菜、摘鲜花掺在粮食中做饭吃。每次到山间田野，见到能食用的鲜花，如奶浆花、野梨花、槐花等，野菜如蒿蒿菜、蒂蒂菜、狗牙菜、藤藤菜等，母亲的兴奋与喜悦溢于脸上，每次都会露出像今天这样的笑容。就因为那个年代的那些经历，我们掌握了识别很多食用花朵和野菜的知识。同时，对于花朵，除了欣赏它的美，颂扬它给这个世界带来的多姿多彩之外，另生了一种更加深厚的感情。直到现在，每年春天，鲜花盛开了，野菜发芽了，只要有条件，我们都会去山间田野，采摘一些能食用的鲜花和野菜来品尝。当然，那些年这些鲜花和野菜是用来充饥，现在却成了一道奢侈的美味佳肴。

今天，陪母亲赏花，看着那些带着欢声笑语，在花前树下拍照留影，观花赏景的人流，还有母亲脸上露出的笑容，一下子勾起了我对那些逝去多年的往事的回忆，加之这段时间，网络上的各种媒体和朋友圈中，在各地观景赏花的新闻报道和照片比比皆是。前后两相对比，由于时代的进步、国家的富强、社会财富的极大丰富，人民安居乐业。过去，每年春暖花开的时候，寻食充饥的情景，早已是翻篇的历史；而今，每年春花烂漫之时，观景赏花已经成为人们生活的常态。现在，眼前所见所闻一件件、一幕幕新鲜事，犹如春风拂面，春花怒放。

这应该是我看到的，最美的春天！

2021-04-01

醉夕阳

　　去年，我们一家三口，我和女儿换着开车，沿着美国西海岸的1号公路，来了一次自驾游。我们已在途中的丹麦小镇、圣塔芭芭拉、赫氏古堡等著名景点游过，住过。到了离旧金山45英里的著名风景区17迈，这里的海滩、礁石、浪花、森林、海鸥、高尔夫球场和美丽的卡梅尔小镇，这一切组合在一起，自然协调，构成了独特的如画风景。我们原计划在这里游走两个小时，拍拍照片，就直接去旧金山。

　　那天，我们到17迈时，已经是下午6点过了，顺着海边游了几个景点，因为要赶路，我们得抓紧时间到卡梅尔镇去转转。在小镇走了两条特色小街后，我们决定最后再去卡梅尔海滩看一眼就向旧金山方向赶。

　　到了海滩边，恰好太阳渐渐靠近海平面，那天，正是晴日傍晚，海风微吹，刚好晚餐过后，海滩上的游客也渐稀少，三三两两地在沙滩上散步、遛狗。刚刚还天下大白，亮堂晃眼，转眼间，海面上飘来一片稀薄云层，将接近海平面的太阳半遮半掩，顿时那耀眼的阳光经过云层的过滤，厚处渐变成了灰红色，薄处则是橘红色。这些色彩不但灿烂辉煌，还毫不吝啬、肆无忌惮地泼洒在海面上，泼洒在沙滩上，泼洒在那些在沙滩上散步和遛狗的人身上。我的全部视角，被它们绘成一幅美丽无比的图画。

这幅画用傍晚的厚重代替了白天的浅显，用晚上的辉煌代替了正午的直白，它好像人的一生。不是有句歌词吗："最美不过夕阳红！"或许，这句话就是写歌的人，在某次某地某个夕阳西下时，身处那勾魂的美景中写出来的。

这画面勾人魂魄，使我不能自已，虽然妻儿催了几次，我已呆在画中，哪还迈得动步！

夕阳把一整天的阳光浓缩成傍晚的辉煌，留在了我的记忆里，它匆匆而去，我却依依不舍。

天黑了，我们还站在沙滩上。

那晚，我们住在了特色小镇卡梅尔。

不知为何，从那次以后，我迷上了夕阳。只要有机会，只要天公作美，环境许可，我都会守候着那一刻的到来，享受那种不断赋予人正能量的辉煌。

2017-06-04

朝圣斯坦福大学

秉承"读万卷书,行万里路"的人生目标,虽然年逾花甲,相差甚远,但是我热爱旅游,向往远方的热情丝毫没减,继续陪伴着我的生命前行。

每次出行,那些在匆忙中拍下的照片,其中所承载的内涵,每当在记忆中浮现,或翻看那些照片时,就会掀动一次情绪中的波澜。这些波澜为生命注入的能量,为生活增添的色彩总是好长好长的。

这或许就是许多人文景观对于我的价值,也就是不惜花许多钱,许多时间,付出许多精力,还要继续远行的原因吧。

这次在美国小住数月,女儿家所在的旧金山湾区,离世界名校斯坦福大学很近,当然是非去不可了。

那天,我在百度上搜了搜斯坦福大学:"据相关机构统计,截至 2018 年 3 月,共有 81 位斯坦福校友、教授或研究人员曾获得诺贝尔奖,位列世界第七;27 位曾获得图灵奖(计算机界最高奖),位列世界第一;另有 7 位斯坦福教授曾获得过菲尔兹奖(数学界最高奖),位列世界第九。2017—2018 年,斯坦福大学在世界大学学术排名(ARWU)、QS 世界大学排名中均位列世界第二,在泰晤士高等教育世界大学排名、U.S.News 世界大学排名位列世界第三;2017 年,位列

《泰晤士高等教育》世界大学声誉排名世界第三。斯坦福大学的校友涵盖 30 名富豪企业家及 17 名太空员，亦为培养最多美国国会成员的院校之一。根据《福布斯》2010 年盘点的亿万富翁最多的大学，斯坦福大学名列第二，亿万富翁数量达 28 位，仅次于哈佛大学。"

就是这些数据，催生了我对这所培养聚集了这么多精英的学校强烈的观光欲望，加快了我去朝拜圣地的脚步。这个星期天，我怀着朝圣般的心情，与妻子、女儿驱车半小时，到了斯坦福大学。

当我们进入那美丽而陌生的校园，就像捧读一本精彩纷呈的经典书籍，被里面的故事吸引着，感动着。我一直以一种极其兴奋、好奇、崇敬、激动的心情，对所见到的景物很投入地去观察、体悟、领会、品读。这个下午，在斯坦福大学校园里，虽然只是走马观花，而且，仅仅是整个校园的一小部分，但是走在校园里，仿佛进入了知识的宝库、艺术的迷宫，一房一屋、一草一木都会吸引眼球，拨动心弦，引发思考，留下记忆。

2018-05-02

只有冬天来了，才能感受秋的魅力

虽然秋天已走十多天，初冬的寒意渐浓了，但是网络上铺天盖地的照片文字，还在讲着秋天的故事，他们都说只有冬天来临了，才能感受到秋的魅力。

真的是这样吗？正好朋友相邀，去近年炒得比较热，具有"世界古银杏之乡"美称的盘州市妥乐银杏村看黄叶，赏秋景。

一听是去妥乐村，我的兴趣一下子就来了。

30多年前的初冬，下乡采访去过妥乐村，自从那次以后，每当有人提到妥乐，我就会不由自主地想起妥乐的美食和美景。

美景：镇上的人说，去妥乐的路不好走，我们就把车停在半坡上的石桥镇上，沿着一条土路下到坡脚，顺着那条蜿蜒的山间溪流，步行不到一个小时，就看到在四周连绵高耸的山峰下边，沿着那条清澈的山间小溪的两岸，生长着1200多株高大的银杏树。树龄大多数都是数百年，最长已逾千年，古老的银杏树掩映着这个小小村落。

站在高处一看，百十栋具有明清风格的木结构瓦房，冒着几缕炊烟，在金黄色的银杏林中若隐若现，好美的一幅田园山居图！

进入村子，沿着那条铺满金黄色落叶，狭窄弯曲，忽而爬坡，忽而上坎的石板小路，穿行于古老的银杏树下，偶尔从村中某户人家传出的鸡鸣，大树枝头上鸟儿的鸣叫，山风轻拂下，稀疏飘落的黄叶，洒在路上、桥上、水中，置身于此情此景，哪还走得动！干脆在一棵大银杏树下，坐在厚厚的落叶上，看着那飞扬的片片落叶，沐浴着透过嫩黄色银杏叶片洒落在身上的阳光，那份宁静，那份自然，那份浓浓的秋韵，真是醉人！

美食：当地人习惯叫银杏为白果，这里的老白果树，所结果子全是糯白果。秋末初冬正是收获白果的时候，用其炖鸡煲汤，就是盘州名菜"白果炖鸡"；只用花椒和盐，单独炒制，就是另一道盘州名菜"椒盐白果"。当然，用白果做的菜还有很多，经过烹调制作后的白果糯香可口，到了妥乐村，能在古银杏树下的农家小院中，品上一顿"白果宴"，那才叫享受！

现在的妥乐村已经是国家 4A 级景区，被称为是世界上古银杏树生长密度最高、保存最完好的地方。怀揣 30 年前留在记忆中的美好，我积极响应，与朋友一大早从省城贵阳出发，驱车上沪昆高速公路，4 个小时到达妥乐村。

中午 11 点过，我们到了妥乐景区门口，停车场已经找不到停车位，只好将车停在路边，然后买票乘坐景区游览车进入景区。柏油路直通村中，村中新修的小路四通八达，很多古银杏树下人来人往，排队照相，村中老房屋几乎都成了卖旅游商品和开小餐馆的地方。据景区人员介绍，自从景区开发以来，每年这个时段，每天都要接待数百辆车，上万人。

虽然，30 年前那些银杏树还在，虽然透过银杏枝叶，也还能见到一片片落满黄叶的老房青瓦，可是那片清幽的宁静，那从农户家中传出的鸡鸣，树枝头传来的鸟鸣，已被熙熙攘攘的人群中传出的喧嚣声替代了，再也找不到！

随着人流的拥挤，我们在妥乐村游了两个多小时，不知为何，面对现实的妥乐村，置身于眼前的古银杏树下，眼前的一切却很模糊。而过去了 30 多年的那个妥乐村，在脑海里却越来越清晰，每片树叶、每声鸟叫和那片迷人的清幽宁静所构成的画面，像雕刻般地印在脑子里。

这时是初冬，我突然想起那句话：只有冬天来了，才能感受到秋天的魅力。

难道对景区的过度开发，无序开发，也好似冬天吗？只有看到了今天的热闹喧嚣，才会怀念珍惜过往的清幽宁静？

2021-10-02

忘不了的一次自驾游

　　6月下旬至7月中旬，历时20多天，我和同伴们自驾一辆越野车，经由贵州、四川、重庆、青海、甘肃、新疆6个省区市，驰骋万余公里，目标是近年在国内炒得很热的两条自驾游线路，一条起于青海西宁，止于新疆喀什，被自驾游者称为可与美国66号公路媲美的315国道。另一条在新疆南北环线中，每年仅开放4个月，一日可见四季风景的独库公路。这次在广袤狂野的大西北游历，虽然时间短，但是，我们越过的沙漠、跨过的戈壁、翻过的雪山、看过的湖泊、蹚过的河流、走过的草原、穿过的森林，以及游逛过的边塞古城，见识过的异域风情，品尝过的民族美食……一路上的所见所闻，还时时在脑海中像幻灯片一样，反复播放。奇怪的是，有些景观当时新鲜，过后就渐渐模糊，而有的呢，当时印象不深，后来却会引你去查阅资料，了解究竟，反而会越来越清晰深刻。从新疆回来快一个月了，好些景象还在我的眼前浮现。

　　——在独库公路的途中，有个景点叫班禅沟，是国家4A级景区。这里原本是天山深处的大森林中，因雪山冰水流下冲刷而成的一个普通水沟，20世纪80年代，时任全国人大常委会副委员长的西藏十世活佛班禅额尔德尼·确吉坚赞到此考察，进沟就被这里的风光给感染了。班禅在没有任何人引导下，在他的生命里仿佛知道有这样一个地方，情不自禁地来到密林中一株同根并蒂、粗细相同的四棵挺拔的松树下打禅诵经，此沟因此得名。

闻其名，我去了班禅沟，顿时被那里的景色迷住了。因受伊犁河谷暖湿气流的影响，班禅沟一带形成了局部的小气候，每年的6月初到8月中旬，这里多数时间是蓝天白云，雪山下的森林、森林中的溪流、溪流边的草原、草原里的野花，构成这里仙境般的独特景色。加之天山深处，人迹罕至，即使我们这些凡夫俗子身临其境，也会顿生佛心，禅意大发！一个活佛的故事，引我走进一片美景。

——闻名遐迩的敦煌莫高窟，经历千余年积淀，形成了厚重的东方文化，被联合国教科文组织列入世界文化遗产，它是地球上至今尚存而不可多得的国宝级文物保护单位。因为我是临时决定去的，没买到A票，只购到了应急票，莫高窟共有近千个石窟，我们仅能走马观花式地观看了4个窟。但是，由于它们记录着千年往事，诉说了历史沧桑，折射出民族兴衰，所以，给了我极大震撼，引起我的浓厚兴趣。

于是，我购书阅读，查看资料，又获得了很多知识。除了莫高窟现存的文物，还有许多至今还散落在世界各地，异国他乡的一箱箱古老经卷，一尊尊稀世雕像，一幅幅精美壁画，还有因无知无意而让这些文物流失的那位王道士的故事。看着清冷的道士塔，不禁令人唏嘘长叹……长长的历史、厚重的文化、古老的传说，造就了这座丰富的知识宝库，令我流连忘返；

——国家5A级景区，喀什金胡杨森林公园位于塔克拉玛干大沙漠中间。当从315国道转下去，看到那汪从雪山上

238

流下的冰水，再看到那片绿色，我真正感受到了"沙漠绿洲"的意境。特别是森林公园中那片知青林旁，当年知青干打垒住房的墙上"知识青年到农村去接受贫下中农再教育很有必要！"的大幅标语清晰可见，见到标语，许多画面浮现眼前。顿时，我对这片知青林情有独钟，徜徉于林间，勾起我对青春往事的回忆，1968年，还在读初中的我，响应号召，上山下乡到农村插队落户，接受贫下中农再教育。眼前的知青林又把我带回当年的知青岁月里，此时此刻，陈年往事历历在目，整个心境尽情地享受着青春的美好；

——那首《可可托海的牧羊人》唱到美丽的那拉提，心中响着《可可托海的牧羊人》的优美旋律，眼中看到那拉提的草原、森林、花海、河流，还有远处的雪山冰川，头上的蓝天白云，置身其间，情景交融，尽情享受大自然的大美；

——沿315国道穿越面积和德国一样大的中国最大沙漠，塔克拉玛干大沙漠时，经历了狂风飞沙，见识了大漠狂野，沿途还观赏了景色各异的湖泊、雪山、森林、草原、沙漠、戈壁，还有那些偶遇的野生动物。这时，我心里自然而然地想起网上盛传的那句话："315国道是中国最美公路，可和美国66号公路比美。"这又激起了我欲去走走美国66号公路的念头，比一比嘛，眼见为实；

——游览天山神秘大峡谷，水上雅丹，火星营地等美丽而神秘的雅丹地貌景观中，除了被大自然的鬼斧神工创造的奇景所吸引外，我还通过景区简介和导游解说，以及查阅资料，收获了丹霞地貌是内力和水蚀作用而逐渐形成的，而雅丹地貌是特有的风蚀性地貌的地理知识。

……

在梳理和回忆这次旅行经历中，我感觉到凡是有美景、有文化、有感情、有故事的景区景点，不但能让人观景怡情、滋养心灵，而且，难以忘怀、记忆深刻。

当然，说走就走，随性、随心、随游，放松心情、放飞自我，也是一种旅行方式，照样可以强身健体、丰富生活、精彩生命。

但是，我更喜欢有内涵的旅行，行万里路，犹如读万卷书，其意义在于增长新鲜见识，增加知识储备，增厚文化底蕴。

走吧，生活的丰富在于变化，生命的活力在于运动。有条件，有心情，就远行，远方在召唤，身未动，心向往！

2021-08-02

心中那片美丽的云

端午节一到，盛夏来临，我们这个小城最爽的季节开始了。由于疫情，少远行，不出行成了最佳选择。于是，我们就安心地、静静地待在这个小城，尽情地享受完整的"中国凉都"之夏！

1981年初，这个小城刚建市不久，我大学刚毕业，就来到市机关工作，忙工作，忙成家，忙生儿育女，……自参加工作以来，忙忙碌碌近半个世纪，我的生命陪同着这座城市一起走过，城市由少年成长为壮年，我由青年变成了老年。退休后，开始了另一种生活模式。除了有半年在异国他乡的女儿家与儿孙团聚，享天伦之乐，另外的时间，每年都要到处走走，或自驾，或参团旅游。在游览祖国大好山河和世界著名景点的过程中，辽阔的蓝天下。多姿的景点上，那千奇百怪、变幻莫测的云成了我的至爱。于是，我渐渐养成了"追云"的嗜好，在我手机的相册里、头脑的记忆里就留下了好多好多的云。

在地中海沿岸的尼斯、戛纳、威尼斯等海滨城市，湛蓝天空，悠悠白云，平静的海面上游弋着星星点点般的游艇和帆船，加上地中海的暖湿气候，留给我的是一幅欧洲人悠闲自在的慢节奏生活画面。

在夏威夷，浩瀚的太平洋上，蓝天与大海的中间，点缀着一串珍珠样的绿色岛屿，那里的空旷广袤、无边无际已经让人心旷神怡。这时，天际又飘来一片片白云，更是锦上添花，置身其间，如诗如画。

在西藏，我是自驾游第一次走进雪域高原。进藏后，一路所见，雪山、草甸、湖泊、寺庙，沿途的朝圣者，无处不给人以清幽圣洁之感。特别是高原蓝天上，那一朵朵飘在雪山顶上的云，更增添了高原的静谧和神圣色彩。越往里走，那种朝圣的感觉就会逐渐占据我的思想空间，再后来，仿佛自己就是一个真正的朝圣者。

……

当然，这些年我还见过海南的云，黄山的云，厦门的云，还见过美国黄石公园的云，泰国普吉岛的云。这些云千变万化、多姿多彩的云，没有一片相似，没有一朵重复，配上不同的景区，又各有各的美妙之处，都令我依依不舍、流连忘返。

这几天，我们的小城，阴晴交替，凉爽舒适，那空气像过滤了的一样，呼之清新甜美，观之透明清亮，尽显"凉都"之长。但是，我却沉醉在一次次雨后天晴的蓝天白云之中，而且，在品读和欣赏小城上空这些蓝天白云时，又茅塞顿开，突然感悟，生出一些想法。

不但每一片云不一样，随着时间流逝，每朵云每时每刻也不一样。它们每秒都在变化着，更新着，永不重复，总是以不同的姿态和色彩，展示着不一样的美丽，不断地营造着希望。

就是这些云的变化，让我对远方飘过来的那朵云，下一秒将出现的那片云，等待着、希望着。这种等待和希望把我带进兴奋、激动的情感氛围里，我的情感因子、生命因子在这个等待和希望中，获得了活力！

试想一下，如果天上的云没有了变化，永远是一个样，那朵云还会这样美丽动人吗？如果人的生活状态天天一个样，一成不变，毫无希望，生命还有意义吗？

支撑人生命的，除了诸如吃喝拉撒的物质基础外，更重要的应该是在生命历程中收获的非物质正能量。我见过的蓝天白云，还有由它演绎出的朝霞、晚霞等景象，以及云淡风轻、雾霭缭绕等意境，就是这些带着丰富的非物质正能量的载体，总是使我的精神家园增添内容，给我的生活带来希望、带来精彩，为我的生命注入正能量！

感谢蓝天上的每一片云，它让我享受美好，收获感悟，吸取能量。

我爱蓝天上的每朵云，并把它们永久存放心中！

2021-06-12

昆明，我心灵的故乡

3年前，我贷款在昆明买了一套住房，好多同事不解。其实，我是在寻找一块心灵的故乡，用于安放我的晚年。

这些年，回忆、回味、恋旧的情结，随着年龄增长越来越浓了。特别是与当年那些人见面，就会不由自主地说到当年那些事，去到那些阔别多年的地方，又会想起当年那些人。

生命的内容是生命经历的过程，生命的意义就是这个过程的精彩，而生命中遇到的人、经过的事就是这些精彩的具象。回首往事，当年那些经历、那些人、那些事，无论当时是苦是乐、是喜是悲、是爱是恨，积淀在生命里，经过陈年的酿制，都酿成了甜蜜，制成了精彩。

年长了，寻一个在你生命过程中，最让你难忘的地方留下来，静静地回味那份精彩，品尝那份甜蜜，一定会使你的生命激情燃烧，同时，会让你对未来的生活倍加热爱。这个我曾经生活过的地方，其实就是令我牵挂一生的心灵故乡——昆明。

我16岁至21岁在云南当兵，住在昆明有很长的时间，有很多关联。

在昆明安宁温泉的4个月新兵集训，穿上新军装，全副武装，从队列训练到实弹演习，从擒拿格斗到战术应用，从野营拉练到武装泅渡。一次次的艰苦训练，部队已把军人的坚韧不拔、顽强拼搏的气质镌刻在我的灵魂里。

"文革"后期，我被部队派到云南会泽县一单位当军代表，年仅 18 岁，在一个有几十名员工的单位，充当组织者和领导者。虽然仅有数月，但是，对于一个涉世未深，初触社会的年轻人，却是一次机会、一次考验，为我在 20 年后担任报社法人，植入了一名组织者应该具备的基因。

在昆明参加师部举办的新闻报道员培训班半个月，部队教给我使用枪杆子的同时，又教会我使用另一件武器——笔杆子，就是这个笔杆子，改变了我的人生。从此，在部队我是业余通讯报道员，退伍到地方我是单位宣传部门的专职新闻通讯干事。1977 年高考后，在大学读的是中文专业，毕业后从事新闻工作数十年，新闻记者成了我的终生职业。

在部队的第 4 年，驻守河口时，在与新兵进行擒拿格斗训练时，不慎受重伤，在部队野战医院住院治疗半年多，因后遗症再也适应不了部队生活，从医院直接退伍。这次"苦其心志，劳其筋骨"，使我的意志力、忍耐力有了质的提升，这是我第一次从人生的负面经历中获得了正能量。

住院疗伤的那些日子，20 岁的我，从全是男人的野战部队，一下子来到女人居多的野战医院。那些十七八岁的小护士，为我清洗伤口，换药、打针、送餐、洗衣裤、整床铺，来来去去。每次询问、交谈，来时的笑容，去时的背影，那银铃般的笑声，摄人心魂的回眸，还有那医院特有的气味和少女特有的气息混合在一起，散发出的特殊味道……这一切，刚好出现在青春的年龄里，镶嵌在青春的环境中，自然要使青春燃烧。这样的日子，是半年啊，它定格成了我情感世界里的一幅最美的画面，永永远远地留在了我记忆的库存里。

......

那些年，那些时光，是我人生最最美好的青春岁月。虽然，40多年过去了，但在部队的点点滴滴已镌刻在我的生命里，融入我的血液中，是我人生中的陈年老酒，心田里的百花蜜糖，只要我踏上这块土地，就是甜，就是醉！

这份甜蜜，就存储在我心灵的故乡，正是为了把我的生命留在这醉人的甜蜜中，我在昆明买了房，就把我的晚年安放在这里吧。

2021-09-06

旅美的俩"书呆子"，居然这样去旅行

　　长期以来，我认为旅游就是玩，就是又有时间，又有闲钱，当然还必须有健康，没去过的地方想去，没见过的东西想见，人们传说得多，广告宣传得多，游客去得也多的热门景点就成了首选。于是，就花钱报名，参团出行。回来手机内存全是异域异地的留影，亲朋好友圈中发些到此一游的照片，主题都是"好玩，好看"。当然，碰到节假日，或旅游旺季，印象最深的就是"好热闹！"

　　可是，由在美国读完博士，在我们眼中一直认为是"书呆子"的女儿女婿安排的一次旅行，颠覆了我对旅游的观念。

　　美国国庆放假，又逢周末，妹妹一家从洛杉矶到旧金山来看我们。女儿女婿建议，选一个洛杉矶和旧金山的中间点去度假，然后再到旧金山相聚。

　　按照我的想法，沿西海岸一号公路，妹妹一家从洛杉矶过来，我们一家从旧金山过去，那一线的海景，世界闻名，随便选一个大家都没去过的点，住一两晚，岂不是难得的好机会吗？

　　可是，女儿女婿却把这个点，定在了美国内陆，位于加州和内华达州交界处的休闲度假旅游区太浩湖。

　　既然定了，大家也同意，我虽然心中嘀咕，想到也从未去过太浩湖，随大家意愿，就听女儿女婿安排吧。

　　周末，我们从旧金山开车过去4小时，妹妹们从洛杉矶开车过来差不多6个小时。一家人如约而至，入住女婿预定的一个可观太浩湖景的森林民宿客栈。该客栈是建在太浩湖边的森林中，专用于出租的森林别墅。里面厨房、餐具、客厅、餐厅等居家用品一应俱全，就是一个完整的家。我们一家人住在一起，就像到了家一样。入住的那两夜，客栈窗外森林里，轻柔的松涛和那些不知名的鸟叫虫鸣组成的和声，就是一支摇篮曲，把我们送进甜美的梦乡。清晨，则是林中的小鸟与小松鼠在嬉戏打闹中发出的欢快旋律，还有那透过密林，斜射在窗帘上的阳光把我们从梦中唤醒。

　　天一放亮，我们花大半天时间，驾车环湖游，太浩湖的几个著名景点都去了。这太浩湖因为四周都是被森林覆盖的青山，虽是7月盛夏，距湖不远的高山上的积雪都没融化，所以湖面风轻浪小。站在高处，放眼望去，就像一面镜子，也许是高山的雪水流进湖里，或许是天空的湛蓝，映照在水面，随着湖水的深浅，那诱人的蓝色由淡变浓，近看这汪碧水，净洁得像过滤了的一样。茂密的森林延至湖边，林中古树参天，整个湖面被那莽莽的森林包裹得严严实实。那些在湖中破浪的皮划艇、冲锋艇，还有在靠岸边的浅水中游泳，躺在沙滩上穿着泳装或比基尼，做着日光浴的男男女女，使整个太浩湖显得格外闲适、浪漫。

　　傍晚，我们一大家人登上游轮，从湖东面的内华达州游艇码头到湖西的加利福尼亚州翡翠港，横跨太浩湖。3个多小时，在游船上用晚餐，观落日，参加船上举办的音乐舞会。夜晚，回到森林客栈，女儿女婿还特地买了红酒和一些甜点，一家人在异国他乡的林中客栈品酒拉家常，好温馨，好惬意。

来回 3 天，回到旧金山，又在女儿家相聚。

整个行程，安排得不紧不慢、张弛有度。

虽然，这次出行结束了，我还是忍不住问女儿女婿："旧金山附近的著名海景这么多，你们为什么不安排到海边去呢？"

他们说："到太浩湖这两天，你没感觉到吗？这湖水在没风没浪中，特别湛蓝，特别纯净，周边的雪山、森林把这湖水映衬得出奇的静。那些在湖区景点的游人，都显得轻松闲适。我们置身于这个环境中，整个身心都会不由自主地轻松愉悦。旧金山的职场，是我们生活在那里的这个群体的战场，要生存要发展，不能有丝毫松懈，一年中，我们的同事冬天会来这里滑雪，夏天会来这里游泳。其实，大家来这里，是把自己融入大自然的怀抱，暂时离开城市的喧嚣、浮躁、紧张，寻求心情的放松和滋养。这样的氛围，我们觉得也很适合家人相聚。"

"我们也很热爱大海，向往大海，看到大海的浩瀚辽阔，会使我们胸怀宽广；遇见大海的狂风巨浪，惊涛拍岸，会让我们充满力量；听到大海永不停歇的涌浪涛声，会增强我们奋进拼搏的勇气。当我们感觉在生活工作中碰到不顺心的事，或者感觉身心有些疲惫懈怠，就会去大海边，或冲浪，或游泳，或静静地坐在海边的沙滩上，观大海的辽阔浩瀚，听涛声鸥鸣的合唱，感受潮汐涌浪的澎湃，从中吸取力量，增强信心。"

"旅游嘛，是读书人应该读的'有字之书、无字之书、心灵之书'，三本书之一：进学校在课堂学专业攻读学位，业余时间读经典名著，这是有字之书；人生经历，游历，见多识广，则是无字之书；无论有字之书还是无字之书，只有通过思想进了心，积淀为自己的知识，才能算真正读懂受用，所谓'心领神会，融会贯通'指的应该就是心灵之书。所有这三本书，最基本的应该是身到、心到、情到。到太浩湖，我们就有'三到'的感觉。"

……

他们在说，我在听，我渐渐地沉浸在他们对旅游的认知中，我在领会感悟他们说的读"三本书"，在思索读书中的"三到"。

这次旅行，除了家人相聚的快乐之外，最让我欣慰的是，这两个"书呆子"，来美国近10年，在学校苦读，又到职场打拼，博士没有白读！

2018-07-07

如梦如幻的百里杜鹃公园

4月下旬，因参加一个会议，在同仁的安排下，去了一趟慕名已久的国家森林公园——贵州高原西北部的百里杜鹃景区，真有一种走入梦境的感觉。

我是土生土长的贵州人，故乡与百里杜鹃公园所在地——毕节市，一衣带水，到公园也就是五六个小时的车程。杜鹃花在我们故乡这一带，无论走哪条路，只要离开市区数十里，在沿途荒山上的灌木丛中都能见到各个品种的杜鹃花，但那只是零星的，或三三两两十数丛，即使成片，也不过数十平方米，最多的也就几百平方米，很难有上千平方米的。

10多年前，早就听说毕节市的大方和黔西两县交界处，拥有目前我国已查明的面积最大的原生杜鹃林，总面积超过120平方公里，拥有各类杜鹃花41种。我心里一直在思忖，这应该是为了打造旅游景点，为吸引外省游客而蓄意炒作吧？因此，有很多次，在春天里的花季，同事或朋友相邀，去百里杜鹃赏花，我都推了。

这次不同，《乌蒙新报》有一个会就安排在离百里杜鹃公园最近的黔西县城召开，而且，会议专门安排了一天时间游百里杜鹃公园。无奈之下，我就随会议去了。

从黔西县城乘车到花区，仅40分钟。一路全是平坦的柏油路面，蜿蜒于春天的山峦、田野，一路翠绿，一路鲜花，很是惬意。

大约走了半小时，已能见到零星的杜鹃花。

心中顿生不以为然之感，原来百里杜鹃不过如此，和我所见过的其他贵州杜鹃没什么两样！

当车子翻过一个山垭，随山风放眼望去，山峦起伏，线条平缓，莽莽苍苍，绵延百余里。由近及远，近处清晰可见，远处朦胧隐约，每座山峦上，都是姹紫嫣红，色彩斑斓，一片片，一丛丛，好似天空中的云彩降落人间，犹如西方油画，更像中国现代彩色大写意画。

其规模如此之大，花势如此磅礴恢宏，我实属未曾见过，也未曾想过，更未曾信过。

车子渐行渐近，穿进花山，置身花的海洋，我震惊、感叹，脑子由清醒变朦胧，似真似幻：那水桶般粗的大树，怎么就能开出如此艳丽的花朵？更令人不可相信的是一树竟然开出几种颜色的花；为什么在偌大的地球上，偏偏有这么多杜鹃花树，集中在绵延百余平方公里的山峦间?！这是天意还是人为？

在官方文件与权威媒体上，很多文字都这样表述："百里杜鹃"是"世界上最大的天然花园"，有"地球的彩带，世界的花园"的美称，因整个天然杜鹃林带宽1—3千米，绵延50千米（100里），是迄今为止地球上已经查明的面积最大的原生杜鹃林，贯穿两县四个区八个乡的百余平方里地域，因此被誉为"百里杜鹃花园"，现为国家森林公园。

我只能坚信了，我现在就置身于世界奇迹之中！

我惊叹大自然的鬼斧神工，我赞美美丽的百里杜鹃。

2012-05-03

252

生命叫我去远行

两天前，我和妻子又从昆明起飞，经青岛飞越太平洋，前往美国旧金山探望女儿一家。

最近3年，我们已是第4次前往美国了。每次远行，从家乡到美国，汽车、火车、飞机倒来倒去，都得超过20个小时。60岁开外的人了，每次来来去去，都是四五个箱箱包包，其辛劳程度不言而喻。可是，我们却乐此不疲，为什么呢？

因为，除了与亲人团聚，享受天伦之乐以外，每次远行过程中的那些所见、所闻、所思、所悟，像汽车加油，像发动机充电一样，给我们的生活填充内容，给我们的生命增添精彩，给我们的心灵带来期待。到后来，每次出行就有点像农夫，看着自己耕作了一年，临近秋收时的田野，满是收获的希望。

今天，我们到达目的地了，又有这样一些途中的际遇和见闻，让我有丰收了的感觉。

——这次，我们乘坐的飞机是东方航空公司两年前开辟的一条新航线，从昆明经青岛直飞旧金山，中途不用取行李，不用换登机牌，仅在青岛停留一个多小时，出海关都有专人送接，全程约16小时。更新奇的是这班飞机，在万米高空的飞行中，可以不关手机，上网看新闻，用微信聊天。以前乘坐飞机，必须关闭所有的电子设备，10多个小时的飞行，就相当于失联。两相比较，这种感觉会使人方便舒服很多、快意很多、新鲜很多，对日新月异的新科技成果的运用，也会联想、感慨很多，而这种联想与感慨，真的会令人兴奋，令人激动，令人对未来的美好生活充满热爱和希望。

——在出发前几天，我感冒了，连续服药，均未好彻底，只好把感冒冲剂带上飞机。在飞行中，两次要开水冲服感冒药，第二次服完药，我有了睡意，微睡中，空姐给盖上一床小毛毯，并嘱咐："您感冒了，别再受凉了。"在离家的远行途中，偶遇这种关照，有一种很特别的温暖，也很别样的感受，好像在家，可又不在家。

——10多个小时后，我们在离家千万里的大洋彼岸旧金山国际机场降落。以前，每次出海关，都要被提问好多问题，因不会讲英语，就得用肢体语言，连比带画，出示邀请函、护照等文件，过了海关，还常被开箱检查。每次过海关时，都要花好长时间，接的人着急，去的人也着急，而且，无形中有一种心理压力。这次，碰上了一个会讲中文的美籍华人海关官员，用乡音与我们交流，验完证，办完手续，还给我们一句忠告："以后过海关，问啥答啥，简单点。不会说，就把准备好的证件和信函依次提供。以后在美国的时间，尽量别延期，如有延期，在国内的时间一定要超过在美国待的时间，而且，尽可能长些。否则，有可能被拒入境。"这次的感觉真好，乡音交流顺畅，过关花时少，没开箱，比以往快多了。特别是那位华人海关官员的乡音，以及那善意的忠告，好像给我一种他乡遇故知的愉悦，凭空增添了这次远行的快乐。

——在旧金山机场，与亲家交接小孙女时，祖孙离别，

254

相互亲吻，在过海关的通道上，奶奶眼含泪珠对儿子、孙女的回首，拭泪后的挥手告别，还有奶奶随着人群渐行渐远的背影，这一幕幕情景中，流露出的亲人间那血浓于水的深情，我那时的感觉是一种感动，更是一种真、善、美的享受！

……

生命是活在运动中的，远行是一种长距离的运动，它改变了人们长期不变的生活环境，让人有一种不同于昨天的新鲜感。在每次的远行中，虽然不能像那种纯粹的旅游一样，能够在人文景观和自然风光中获得知识，陶冶性情，但是，我们用心地去感受了、关注了、思考了，却能在这种类似很平常的际遇中获得另一种收获。如果说，我的退休生活是一汪平静的水，那么这种感受就是一阵清风吹起的涟漪，让这汪水有了动感、有了活力、有了变化、有了色彩，并衍化成一种能量，注入我的生命，滋养着我机体里的每一个细胞，时时刻刻更新着我的生活，燃烧着我的激情。

因此，在我的有生之年里，我要追寻与今天不同的明天，我要远行。

2018-03-18

我多想是一只红嘴鸥

有一群精灵，从遥远的西伯利亚，飞越千里万里来到春城昆明，它们每年从秋末初冬开始，直到整个冬季结束，与昆明人一年一聚，是昆明人如约而至的老朋友。它们的到来，给春城昆明的冬季带来了别样生机，成了昆明一抹亮丽风景线，吸引着许许多多的外地游客。

它们就是有着一身洁白羽毛，长着红红尖嘴的红嘴海鸥。

我就是那些每年在红嘴海鸥飞临昆明时，必须要去享受这抹亮丽风景的外地人之一。

八百里滇池，就是这群精灵与昆明人约会相聚的地方。在滇池的观光大坝上，红嘴海鸥翻飞翱翔，一会儿在人群中穿梭，一会儿在湖水中嬉戏，此起彼伏的鸥鸣与游人的欢声笑语，合奏出一曲自然优美的乐章。蓝天白云下的湖光山色，与熙熙攘攘的游人，形成一幅人鸥自然和谐、美丽迷人的画卷，每当我汇入这段旋律，走进这幅画面，就不由自主地醉在其中。

在沉醉之中，竟然会恍恍惚惚产生一种幻觉，仿佛我就是一只红嘴鸥。

人们说，因为红嘴海鸥是一种候鸟，为躲避严寒，一到冬天就会从遥远的西伯利亚，不辞千辛万苦，不惧千里万里，飞到昆明滇池来越冬。

有很多像我们一样的退休族，不也是一到冬天，就飞往海南过冬，一到夏天，好多"火炉"城市的人又会到我们的"中国凉都"六盘水来避暑。我呢，又会和全国许多退休族一样，到春城昆明来越冬，也有人称我们为"候鸟"式生活。

的确如此，没退休时，有单位牵扯着，有工作黏连着，虽然动弹不得，却也稳定。退休后，自由多了，可以做"候鸟"了，这个城市住一段时间，那个城市住一段时间，每年还要在国外的孩子那里住几个月。

这一动，安定感、稳定感大不如前，无论在哪里居住，心中老是在摇晃着，因为我心中牵挂着：

年近90岁的老母亲；逐步迈向老年的兄弟姊妹；一同共事、相伴多年、情深意厚的同事、朋友、同学；还有那片生我养我，熟悉而又亲切的土地……

这一切，那种依恋、不舍、牵挂，总会萦绕、缠裹、纠结着难以平静的心。

这时，我好羡慕那些说走就走、飞去飞来、无牵无挂、无忧无虑的红嘴鸥啊！

与鸥鸟相比，心里突然涌出一系列奇怪的情绪：犹豫、彷徨、失落、忧伤……

好生遗憾，我成不了红嘴鸥，也成不了真正的"候鸟"。

2018-11-13

我眼中的上海

上海对我太有吸引力了，在那里，我会有很多收获。

在地铁站里，看着来去匆匆的人流，快节奏带来活力，催动我激情燃烧；

在外滩，看黄浦江两岸交相辉映的灯光，投在江中的倒影，把人拉入新颖奇特、如梦如幻之境，激发出生命的活力，增强对生活的热爱；

漫步在具有"万国建筑博览群"之称的上海外滩建筑群中，看到的是百年上海的缩影，是旧上海资本主义的写照，在建筑艺术的熏陶中捕捉历史的沧桑；

在石库门新天地的酒吧，品酒听歌，感受着中西文化的融合，徜徉于上海历史文化与现代时尚之中，享受多重文化演奏的交响音乐；

置身于浦东新区陆家嘴摩天大楼群中，这是改革开放以来，应用新时代所有的高科技手段，堆砌出数十平方公里的现代建筑，白天抬头看东方明珠电视塔，眼里飘着的是蓝天白云，夜晚仰望金茂大厦，脑中浮现的是遥远星空，思绪在快乐中飞翔；

漫步在南京路步行街，脑海中仿佛听到了历史的回响，那些出现于影视作品，记载于文学历史书籍上的十里洋场、灯红酒绿繁华闹市中的故事，就会浮现于眼前，好像我们，进入时光隧道那样欢畅。

……

近年来，迪士尼落户上海，COSTCO 上海开业，中国最大保税区在上海建成……

上海作为国际大都市的地位越来越高，这一切世人有目共睹，无与伦比，不可替代。

上海的开放，上海的现代化，上海的国际化，上海的活力，上海的发展和变化，不断地辐射出巨大的正能量。当我接近它，就能从中获得对美好生活的向往，获得生活的激情，获得生命的动力。

人的生命要有意义，生活要有质量，就要努力做到：日子要时时变化，生活要天天更新，心中要常怀希望。

上海能让我感受到变化、更新、希望。所以，我确实会被上海吸引，过一段时间，我就想去上海走走，看看。

我爱你，上海，我为你歌唱。

2019-10-24

我在闹市中遇上她

天空中飞机轰鸣，大地上动车奔驰，高速公路上车辆川流不息，脚下地铁穿梭往来，万丈高楼平地而起，小城市变成大都市。人群纷纷往城市聚集，这一切改变着中国，推动着社会向前发展，同时，也使很多人在金钱的游戏中沉醉，在财富的诱惑下失衡，在喧嚣的闹市中烦躁。

我们就生活在这样的时代。

这时，我内心是多么渴望一份宁静啊！无论在任何时候、任何地方，这份宁静能让我哪怕像打盹一样，小憩一会儿，我就会十分惬意、十分满足。

这天，我在昆明市最中心、最繁华的地方遇见了她。

她就是昆明市金马碧鸡坊的一个不起眼的小酒店——昆合园酒店。

这是一个藏于闹市的四合院：

整个院落呈现的青瓦白墙是中国民宿最为传统的色彩基调，它源远流长，象征厚重的历史积淀，会勾起人们对往事的回忆；

院中的流水小池，翠竹青草，鸣叫的小鸟，池里悠游的小鱼，营造着那份宁静，让人忘却身处现代都市的喧嚣与浮躁；

那些悬挂于房间内墙上的字画，以及镶嵌在电梯口旁的、记录着老昆明百年兴衰的黑白老照片，还有置放于走廊过道的古香古色的坐椅、木雕，一股淡淡的古朴文雅气息扑面而来；还有大厅那壁茶架、书橱，地台上的红木茶几、座椅；

还有3楼顶上的露台，露台上的小花园，花园中的太阳伞，太阳伞下的休闲椅。

……

当然，这个小店虽然只有40多间客房，但策划和设计者围绕着闹中取静的理念，突出民宿民居特色，植入了很多民族元素，烘托出了这片宁静，看看这些实景照片，让我们细细品味吧！或许哪天有机会去小住两天，亲身体验、感受那份宁静美好。

2017-08-15

吴哥的艺术魅力

　　柬埔寨，一个神秘而美丽的国度，而吴哥却是柬埔寨的美中之美，是该国的金字招牌。

　　2008年9月，我参加一个新闻代表团，访问了向往已久的吴哥，被那伟大的、石头雕垒出的旷世艺术震撼了！

　　它是人类文明、智慧、勤劳的结晶。800多年前，先人就创造了如此伟大的艺术，我不由得不敬仰、崇拜。能创造这一伟绩的国家，一定是伟大的国家，能创造这一伟大艺术的民族，一定是伟大的民族。这些伟大艺术的形成，是需要强大的国力和众多的财富支撑的。

　　然而，今天吴哥城周边的现状，却给了我更多的想象，留给我无尽的沉思。

　　——柬埔寨境内，目前还没有一条高速公路；

　　——路边随处可见衣衫褴褛的乞讨者；

　　——每个景点都有追着游客叫卖的失学儿童；

　　——那些价值连城的艺术瑰宝，连最起码的保护设施都没有。

　　……

　　因此，贫穷与衰落的现实，与那么富有的艺术宝库，形成了鲜明而强烈的反差！

　　我思忖：一个国家，一个民族，如果不团结，不努力奋进，不图发展，肯定要落伍。

　　那一个人又何尝不是如此呢？

2009−09−17

263

音乐的力量

　　人是生活在两个世界中的，一个是物质世界，另一个是精神世界。物质世界，表现在人们对衣、食、住、行等物质需求，它保证的是人生命的基本存在。精神世界，是人作为生命体最精彩、最有别于其他生命的一个层面，也是最复杂、最深邃的一个层面，表现在人对情感、思想等的非物质方面的需求，就是人们常说的，除了我眼前的现实生活，还有诗和远方，其实很重要的还有音乐。

　　音乐真神奇，它能直接叩开人的心灵之门。每个人的经历、修养、文化、学识的不同，在同样一首歌曲里、一段旋律里，所获得的感受会完全不同。有的会为之悲伤流泪，有的会为之激情万丈，有的会为之沉思不语，有的会为之翩翩起舞。

　　最近，我的一位朋友，还为之付诸行动。

　　2015 年的 4、5 月份吧，我的这位老朋友听了李健的《贝加尔湖畔》那首动人的歌，他就在网上和我聊起听这首歌的感受。他说这首歌的旋律，唤起了他沉淀在心底的苏联情结，他想去寻找歌里的意境和情感。不久，他果然独自一人去了贝加尔湖，并在湖畔订了个小宾馆，在那里待了整整一个星期。拍摄了很多美丽的照片，撰写了好几篇抒情短文。

　　看了他发给我的照片，读了他写的短文，我又反复听了《贝加尔湖畔》，我也醉了，痴了。每次听到这首歌曲，里面镶嵌的那些苏联音乐的元素，特别是穿插其中的风琴声，我的脑海里就会浮现出年少时读过的《钢铁是怎样炼成的》《静静的顿河》《战争与和平》《复活》《卓娅与舒拉的故事》等书中的情节、故事、人物、景物。

　　每到这时，我也特别想去贝加尔湖畔。

　　不信的话，只要是我们这个时代的人，你就听听《贝加尔湖畔》试试吧。

2016-04-08

向往那片寂寞与宁静

> 大部分时间内，我觉得寂寞是有益于健康的。有了伴儿，即使是最好的伴儿，不久也要厌倦，弄得很糟糕。我爱孤独。我没有碰到比寂寞更好的同伴了。
>
> ——梭罗《瓦尔登湖》

我们所处的信息化社会的发展速度超过任何时代，真正是日新月异，精彩纷呈。每天网络上的海量信息五花八门，各种知识体系，全都被撕裂成碎片，丢在网络里那多如牛毛的平台上，迅速传递，是丰富？是繁荣？是多姿？还是喧嚣？浮躁？真的是令人眼花缭乱，应接不暇！确实使我们这些出生在 20 世纪五六十年代的六七十岁老人难以适应。

国庆长假这几天，又是假日，高速公路又不收费，因此，外出的人多了，各个景点人流如潮，就连商场里的人也比平时多了许多。年纪大了，退了休的人，也不想去凑这个热闹，天天上网，就是那些你转我，我转你的碎片信息，看多了也是很无聊的。于是，就从书架上把放了好些年，想读而没有读的书翻出来读。

刚好拿到美国作家亨利·戴维·梭罗 100 多年前写的

步行去海边，只为看日出，感受光明驱散黑暗的过程中，那股动人心魄的自然景观，享受天地间造物主赐予的大美

《瓦尔登湖》，这本书是作者独自一人在一片森林里，过着原始的生活方式，而心灵却在极其自由和闲适的状态中，用两年多的时间写成的一本宁静、恬淡、充满智慧的思考，只能静下来读的极静极静的书。

我一生追求的心灵自由与宁静，一直被生活中丢弃不了的油盐酱醋、躲避不开的人情世故、抛却不掉的家庭琐事所淹没。《瓦尔登湖》叙事的方式，书中的内容，作者的心态，还有梭罗在《瓦尔登湖·寂寞》中的那段文字："大部分时间内，我觉得寂寞是有益于健康的。有了伴儿，即使是最好的伴儿，不久也要厌倦，弄得很糟糕。我爱孤独。我没有碰到比寂寞更好的同伴了。"

　　书中的这些内容和我所处的现实形成了强烈的反差，读着这本书，勾起了我对很多往事的回忆，也增加了我对心灵自由和精神家园中不可缺少的那片寂寞、宁静的向往与渴求。

　　于是，那些曾经在我人生经历中出现过的，虽然很短暂，却记忆深刻的画面，又像幻灯片似的出现在眼前……

2019-10-06

在上海享受"他乡遇故知"的快乐

好长时间没去上海了，这次陪二弟到上海治病，受旧金山湾区红木城华人俱乐部微信群里的 12 位上海籍群友的热情邀请，我与他们在上海南京路步行街的新雅粤菜馆相聚，收获了人生中又一次奇妙的快乐。

说起这个群：

就因为，我们的子女都在美国旧金山留学、工作、生活，结婚生子；

就因为，我们多数是 20 世纪五六十年代出生的人，也都是大妈大爷了，常年你来我往，轮流赴美照看孙儿；

就因为，我们这些原来从未谋过面的陌生人，虽然来自天南海北，却在地球的另一端相遇；

就因为，我们都是黄皮肤的面孔，来自同一个国度，讲着同一种语言，群聊着熟悉的话题，自然形成了一个名为"旧金山红木城华人俱乐部"的微信群。

在这个群里，我们不但常在互联网上传递信息，并且，还定期相约集会聊天。

分散了，我们就是"独在异乡为异客"；相聚了，我们就是"犹如他乡遇故知"。

从此我们：

视野，开了窗口，长了见闻；

生活，有了变化，多了激情；

生命，添了活力，增了厚度。

今天，在上海再相聚，我们一起聊着在美国相遇、相识、相聚的那些新鲜而美好的时光。欢声笑语中，又感受到了"他乡遇故知"的愉悦与快乐。

2019-10-18

这里有那么多热爱阅读的人

在美国这些时日，还真见到了许多在各种环境中坚持阅读的人，无论是流浪汉，还是在校大学生，他们与阅读为伴，在各自的世界里优雅着。

网络把我们迅速地带入信息时代，传递速度快了，信息数量多了，知识也极大地碎片化了，传统的很多系统知识被撕成碎片，丢进信息的海洋。除了在学校和专门的研究机构，在人们的日常生活中，很难看到有人捧着大部头书籍，读着一本本厚厚的经典著作。在任何公共场所，随处可见的多是一人一机，玩游戏、看视频、读信息、逛网店、听音乐、聊天……都在刷屏。无论在哪里，如果还能看到有人捧着厚厚的纸质书籍全神贯注地读着，或静静地翻阅报刊，这个画面一定把我带到"腹有诗书气自华"的情景里。有人把读书说成是对生命的美容，此时我会由衷点赞。当书本与人组合，进入自然而投入的状态，就会透出一种迷人的优雅，就会是别样风光、另样美景，倍感亲切、格外动人。

我在美国旧金山的街头、路边、机场、餐厅、商场、图书馆看到这些读书人，很动人，我不由自主地用手机拍下了这些场景。

2018-05-09

这个秋天，那片芦苇花好美

就因为那片芦苇花开了，今天一早，我一人又去了母校校园。

清晨九点，我顶着秋日明媚而温暖的阳光，穿过教学楼前的银杏林，沿着那条常年唱着"哗啦啦"流水声的小溪，走进校园中那片围着湖水生长的芦苇丛。

阳光下，那盛开的雪白芦苇花与翠绿的芦苇叶形成强烈的反差，格外醒目。漫步在芦苇丛中的小径上，微风拂过，一阵淡淡的清香味在鼻头若有若无，纷飞的芦苇花絮，经微风轻轻吹起，落在头上、身上。这美丽的芦苇花幻化成了搅动情感世界的风车，把我40多年前的那段学生生活翻涌出来，心境，美景，情景交融，满眼都是青春年少时的你、我、她。

1977年高考后，我进入大学一下子接触到《诗经》《唐诗》《宋词》《元曲》《古文观止》等经典和诸多中外名著，真有久旱逢甘露，如饥似渴之感。

那时，我们的国家，百废待兴，我们虽然参加高考，被正式录取进大学，但只能分散办学。从那时起，校园成了我们心中一个美丽的梦！40多年后的今天，母校不但有了自己的校园，而且，还拥有了"贵州最美大学校园"的美誉，校园已经是国家 3A 级景区的一部分。

正因为这份积淀在心中的企盼与梦想，结成了我情感世界里固有的校园情结，哪怕我没在现在的校园里读过一天书、听过一节课，但是，她是我的母校，是她为我打开了人生的另一扇门，领我进入了另一个精彩的世界，丰富了我的人生，改变了我的命运，所以，这里的一草一木对我来说，亲近又亲切。

无论一山一水，一草一木，远方风光，近处美景，如果她关联了你的经历，关联了你的情感，关联了你的故事，她就一定能给你带来美好。这个秋天，母校校园里的芦苇花这么美，就因为她是我情感波澜的诱因、回首往事的由头、青春故事的载体。她把我学生生活中这段最美好的时光拉到了眼前，让我沉醉于温暖的回忆之中，尽情地享受着其间的美好与快乐。

今天，沐浴着凉凉的秋风，在母校校园的芦苇花丛中漫步，眼前的一幕幕景象，把沉淀在我心中的好多往事勾出来，融在一起，化成美美的暖暖的意境：

——透过芦苇花丛看教学楼进进出出的学生，抑制不住地会把自己放进去，总感觉他们之中有自己那些年的影子。

——芦苇丛中的小径上，学生们匆匆走过，在我脑海中留下的仿佛就是当年同桌的你！

——芦苇花挡住了她们的面庞，只见手中的书本和青春的身影，这不就是当年的她吗？

——在芦苇花丛中专注读书的女孩子，静静的，若隐若现，但是，此时无声胜有声。此情此景，在我耳畔却响着朗朗的读书声，在我脑中映出的是"关关雎鸠，在河之洲"的意境。

——芦苇花后的湖面，对岸的楼房，远方的山峦，看一眼，心中自然冒出范仲淹《岳阳楼记》中"静影沉璧"的画面。

　　——此时，好静，没有人走过，微风吹着芦苇花轻轻地摆动，那淡淡的清香飘散开来，我一个人呆呆地坐着、看着，好美，好享受！

　　——芦苇花开的时候，好喜欢这条小溪，因为在这里，她那"哗啦啦"的歌声，是自然界最美妙的音乐。

　　……此刻，我醉了，完完全全醉在了母校校园里，醉在了那片美丽的芦苇花丛中！

2021-09-08

见到她，我真的无法抗拒

　　谈了五六年恋爱的侄子，与女朋友定下日子要结婚了。婚姻是人生的头等大事，婚礼应该怎么办呢？一对新人和两边父母都在为此事思考着、忙碌着、争论着、纠结着：古典的还是时尚的？中式的还是西式的？民族的还是多样的？浪漫的还是传统的？

　　花了几个月时间，看过数十家婚庆公司，又听了亲朋好友的建议，又到本地市场考察，可是，他们却越来越下不了决心，拿不定主意。

　　这天，有朋友告诉了这两个年轻人一个信息，最近在六盘水市红桥新区新开业一家名叫"好百年宴会艺术中心"的地方很火，在那里可能有你感兴趣的东西。

　　于是，周末的整整一个下午，两个年轻人去了那个地方，回来后，侄子对我们说："我女朋友去了好百年宴会艺术中心，看了一个厅又一个厅，太震撼了，不能自已，不忍离去，流连忘返。"当进到"好百年"厅时，那束越过9米高的婚礼大厅，照着新娘从二楼阶梯缓缓而下的追光，好像定格了时空，掀起了她的情感波涛，她当时就惊呆止步，泪水盈眶，连声道："见到她时，我的情绪真的抑制不住，无法抗拒！"

　　侄子这么描述女朋友看了好百年宴会艺术中心的感受，

"好百年"连接各门的豪华门厅

我和老伴都将信将疑：是不是侄子和女朋友看中了这个地方，就夸大其词呢？

带着这个疑问，今年元旦节，我们邀约了几个好友一块儿，也去参观了好百年。

走进好百年的 5 个大厅，我们不但疑虑不存在了，反而如痴如醉地被吸引，被陶醉了。每个厅各具特色，要么西式，要么中式，要么现代，要么古典，设计者将最具代表性的元素组合，让美的因子分类聚集，把梦境变成现实，把仪式感具体化。无论你进入哪个厅，灯光一亮，音乐响起，眼前就是梦幻般的世界，身临其境，梦境就变成现实。当这些都成了情感的载体，你情感世界中的某个燃点就会马上被触动，你人生经历中积淀下来的某段故事就会立即被勾起，你情感世界的闸门就会被打开，情感的波澜就被掀起，你就会被它吸引，就会被它迷住。这时，我明白了侄子女朋友的泪水，原来是这样被引出来的。说了这些感受，也许你也会像我当初听说好百年宴会艺术中心那样，满脑子的将信将疑！

那就先看看我那天拍的手机照片再说吧，不妨你也去体验一下，在美的诱惑下、感召下，或许你也会激动、也会着迷、也会流泪吧。

2022-03-30

后　记

　　退休 10 年，有时间了，自由支配的空间大了，身体健康程度也还行，这些年基本上一半时间在国外，一半时间在国内，到处游历。这一生中，有 40 多年的时间在宣传新闻岗位上工作，与文字写作结下了不解之缘。闲暇之时，我就将其中一些打动过自己的，碰巧遇到过的身边事、日常事，还有一些存放心中忘不了的往事，要么把所见情景随手拍个照片，要么把所思所悟随意写点文字，不间断地发在网络平台，或朋友圈内。因已经用不着再写官样文章，命题作文，全无空话、套话、官话，满是真事、真情、真话，文字里没有半点矫揉造作，也就收获了一些点赞。同时，也为本人预防控制老年痴呆症寻得了特效药方。

　　想不到的是，这些小文章还引起了身边的一些老朋友、老部下、老同事、老兄弟的关注，尤其有一位好兄弟杨小天，更是随时跟帖互动。他曾任报社文艺部主任等职，在坚持创作的同时，也热心为他人作嫁衣，在报纸上开辟多种文艺副刊，推选编发了不少本土作家、艺术家的优秀作品，常年举办凉都文学讲习班、组织出版凉都文学丛书等，得到了社会各界一致好评。他多年来一直担任市作协副主席、秘书长，兼任市公益事业联合会主席，市书画院、文学院院长，现在是贵州省文联委员、贵州省文艺评论家协会副主席。他建议我把这些文章汇编成书，供晚辈和孩子们读一读，他们或许会从中受到某种启发，获得某种正面效应，也许这也算是一种公益吧！

于是，在小天的邀请劝说下，我从这些年写成的 300 多篇小文章中，粗选了 100 多篇。小天又诚请贵州飞天民族文化传媒有限公司创意总监张笑卿先生为本书精心编排分类，同时，还为我绘制了一幅漫画头像，配在《后记》，又给拙作增色不少。

在成书的过程中我除了真诚地向小天和笑卿表示感谢外，还要诚心地感谢热心为本书写作序言的作者周斯弼。也因为他是我的母校六盘师范学院的现任党委书记，有他为拙作写序，我更是倍感温暖和亲切。

今年，我刚好满 70 周岁。正值春暖花开的美好季节，我在家戴着老花镜，翻阅编辑传来的《心程》的电子版书稿，往事一幕幕浮现在脑海，生命的激情又被点燃，抬头远望，心潮涌动。恰好此时，曾在报社编辑、记者岗位上工作过多年的好兄弟罗克林用微信为拙作传来一联：

窗外，疫情不能阻断季节轮回，桃花依旧笑春风，世上遍遇真善美；

心程，岁月难以消磨生命激情，目标常新再出发，人间多见精气神。

此联正是本人此刻心情的写照。

是为记。

高志新

2022 年 6 月于凉都